DIVIDED TWINS

РАЗДЕЛЕННЫЕ БЛИЗНЕЦЫ

ЕВГЕНИЙ ЕВТУШЕНКО

РАЗДЕЛЁННЫЕ БЛИЗНЕЦЫ

АЛЯСКА И СИБИРЬ

ФОТОГРАФИИ БОЙДА НОРТОНА
И ЕВГЕНИЯ ЕВТУШЕНКО

Перевод Антонины Буис

ВАЙКИНГ
СТУДИО
БУКС

YEVGENY YEVTUSHENKO
DIVIDED TWINS
ALASKA AND SIBERIA

PHOTOGRAPHS BY BOYD NORTON
AND YEVGENY YEVTUSHENKO

Translated by Antonina W. Bouis

ALASKA *(above):* Tutka Bay,
Kenai Peninsula.

АЛЯСКА *(наверху):* Тутка
Бей, Кенайский полуостров.

SIBERIA *(above):* Eskimo family in front of their *yaranga,* Chukotka.

ALASKA *(right):* Trees killed during 1964 earthquake, Aialik Bay, Kenai Fjords National Park.

СИБИРЬ *(наверху):* Эскимосская семья перед своей ярангой.

АЛЯСКА *(справа):* Деревья, свалившиеся во время землетрясения в 1964 г., Айалик Бей, национальный парк Кенайских Фиордов.

PRELUDE
ПРЕЛЮДИЯ

ALASKA *(page 1):* Bald eagle perched atop Russian Orthodox church, Unalaska Island, Aleutian Islands.

ALASKA *(pages 10 and 11):* Clouds at sunset over Chenik Mountain, Kamishak Bay.

SIBERIA *(pages 12 and 13):* Landscape off the snowbound coast of Chukotka.

ALASKA *(page 14):* Arctic cotton grass, Denali National Park.

SIBERIA *(page 15):* Siberian schoolboy.

ALASKA *(right):* Curious bear looks over sauna at Chenik Brown Bear Camp, Kamishak Bay.

АЛЯСКА *(стр. 1):* Белоголовый орел парит над русской православной церковью.

АЛЯСКА *(стр. 10 и 11):* Облачный закат над горами Ченик, Камишак Бей.

СИБИРЬ *(стр. 12 и 13):* Обнесенный снегом берег Чукотки.

АЛЯСКА *(стр. 14):* Пушица, национальный парк Денали.

СИБИРЬ *(стр. 15):* Сибирский школьник.

АЛЯСКА *(справа):* Любопытный медведь рассматривает сауну в Чениковском лагере Бурого Медведя, Камишак Бей.

ALASKA *(left):* Grave, date
unknown, Lake Clark.

SIBERIA *(above):* Sailing between Kamchatka and the
Komandor Islands.

АЛЯСКА *(слева):* Могила без
даты, озеро Кларк.

СИБИРЬ *(наверху):* Между
Камчаткой и Командорами.

ALASKA *(left):* Grasses along shore of Cook Inlet, Kenai Peninsula.

SIBERIA *(above):* Late afternoon on the shores of Lake Baikal.

АЛЯСКА *(слева):* Трава вдоль побережья Кук Инлет, Кенайский полуостров.

СИБИРЬ *(наверху):* Берег озера Байкал днем.

SIBERIA *(left):* Zima Junction grandmother.

SIBERIA *(above):* Native Kamchatka worker.

СИБИРЬ *(слева):* Бабушка со станции Зима.

СИБИРЬ *(наверху):* Камчаткинский рабочий.

ALASKA *(left):* Arrigetch Peaks, Gates of the Arctic National Park. *Arrigetch* is Eskimo for "fingers of the outstretched hand."

ALASKA *(above):* Mike McBride and son Morgan, Hazel Lake, Kenai Mountains.

АЛЯСКА *(слева):* Горные вершины Арригеч, Ворота национального Арктического парка. По-экскимосски Арригеч значит «пальцы протянутой руки».

АЛЯСКА *(наверху):* Владелец лагеря в дикой местности и одновременно его экскурсовод Майк МакБрайд с сыном Морганом, озеро Хейзел, горы Кенаи.

ALASKA *(left):* Young caribou grazes on tundra near Mt. Sanford, Wrangell–St. Elias National Park.

SIBERIA *(below):* Bering's grave on the Komandor Islands, looking toward the Aleutian Islands.

АЛЯСКА *(слева):* Молодой северный олень пасется в тундре на фоне горы Сэндфорд, горы Рэнгелл-Ст., национальный парк Элиас.

СИБИРЬ *(внизу):* Могила Беринга, Командорские острова, вид на Алеутские горы.

ALASKA *(above):* Looking across the Bering Strait, toward Siberia.

АЛЯСКА *(наверху):* Через Берингов пролив, глядя на Сибирь издалека.

DIVIDED TWINS
РАЗДЕЛЕННЫЕ БЛИЗНЕЦЫ

Я летел на советском пограничном вертолете над Беринговым проливом — над этой узенькой полосочкой воды между Америкой и Россией. По Беринговому Проливу плыли льдины — большие и маленькие, похожие то на белых медведей, то на мраморные скульптуры Генри Мура. Вертолет шел довольно низко, и я заметил внизу крошечную живую точку, то зигзагообразно движущуюся, то прыгающую, то на мгновение застывающую. — Соболь, — сказал вертолетчик, отрывая от глаз бинокль. — Видно, к родственникам решил прогуляться, в Америку... —

Соболь, наверно, попал в беду, когда течение отломило кусок берегового припая и понесло его в море. Но Соболь не сдался, и прыгал со льдины на льдину, когда их края сближались. Это был танец свободного, борющегося за жизнь существа, танец между двумя социальными системами, танец между двумя потенциальными ядерными ударами. Внюхиваясь в ветер, Соболь, наверно, улавливал среди запахов морского йода, меха моржей и оленей, стальной привкус капканов, спрятанных под снегом, и опасный масляный аромат оружия пограничников, и на том берегу, и на этом. Соболь, конечно, не знал, что пограничники принадлежали к двум совершенно разным мирам — соболю пограничники казались одинаковыми для его жизни опасностями, лишь надевшими разную военную форму. Но Соболь прекрасно знал, что с него одинаково могут содрать шкуру — и на том берегу, и на этом.

Полоска воды между Америкой и Россией была для него только полоской воды, а никакой не границей. Границы не существовало ни в понимании китов, белыми фонтанами салютующих обоим берегам, ни в понимании моржей, величественно возлежащих на льдинах. Природа не признает границ, установленных нами, людьми. Придумывая, а затем соблюдая границы, мы предаем природу. Придумывание границ государственных есть нарушение границ нравственных.

Почему в народных песнях всех времен и всех народов люди высказывают желание превратиться в птиц? Да потому что птицы не знают границ. Люди смертельно завидуют животным за их свободу, и, наверно, именно поэтому стараются лишить животных свободы, навязать им границы — будь это вольер зоосада, прутья цирковой клетки или прозрачные, но тюремные стенки аквариума. Люди оскорбляют дарованную им Богом единую планету глухими заборами, о которых с такой горькой иронией писал Роберт Фрост, колючей проволокой, железными или газетными занавесами. Разделенность, рассеченность, разодранность поверхности земного шара переходит в словесный и физический взаимоканнибализм. Наше незнание друг друга, как скульптор, опасный своей агрессивной наивностью, который лепит злобные фигуры так называемых врагов.

Стена между двумя Берлинами стала пугающим символом 20 века. Но все-таки тяга человека к человеку сильнее страха друг друга. В нас есть исторические гены не только страха, но и гены детского желания принюхаться, потереться шерстью друг о друга.

Капиталистические «панки» с прическами, похожими на петушиные гребни, и с жестяными красными звездочками, усеявшими их драные джинсы, разглядывают со смотровых деревянных площадок Берлина так называемую «нейтральную полосу». Социалистические панки буйно аплодируют рок-н-

I was flying in a Soviet border patrol helicopter over the Bering Strait in November 1987—over that narrow strip of water between America and Russia. There were ice floes in the strait—large ones and small ones, some resembling polar bears, some marble sculptures by Henry Moore. The helicopter was flying rather low, and I noticed a tiny dot below, zigzagging, leaping, halting. "A sable," said the pilot, lowering his binoculars. "Must be off to visit his relatives in America."

The sable must have gotten into trouble when the current broke off a piece of ice and carried it out to sea. But the sable didn't give up, and jumped from floe to floe as they approached. It was the dance of a free creature fighting for its life, a dance between two social systems, a dance between two potential nuclear strikes. Sniffing the wind, the sable could probably smell, among the ocean scents of iodine and the fur of walrus and reindeer, the steely taste of the traps hidden in the snow and the dangerous oily aroma of the guards' guns—on both shores. The sable, of course, did not know that the border guards belonged to two completely different worlds—both sides' guards were equally dangerous to the sable, they were just wearing different uniforms—but the sable knew perfectly well that either group would gladly skin it—on either shore.

The strip of water between America and Russia was just water to the sable, not a border. Borders do not exist for whales, as they salute both shores with white fountains of spray, or for walruses, as they lie majestically on the ice. Nature does not recognize the borders we humans erect. By inventing borders and then honoring them, we betray nature. Inventing state borders is a violation of moral borders.

Why is it that in folk songs of all nations and all ages people express the desire to become birds? Because birds know no borders. People are mortally envious of animals for their freedom, and probably that is why we try to deprive them of it by forcing borders on them—be they the barriers of a zoo, the bars of a circus cage, or the transparent but still prisonlike walls of an aquarium. People insult their one God-given planet with impassable fences (which Robert Frost described with such bitter irony)—with barbed wire, with iron or newspaper curtains. This division, the separation of the earth's surface, turns into mutual verbal and physical cannibalism. Our lack of knowledge of each other is like that of a blind sculptor, dangerous in his aggressive naiveté, who creates figures of so-called enemies.

The wall between the two Berlins became a horrifying symbol of the twentieth century. But people's longing to connect is greater than their fear of each other. We have genes not only of fear but also of a childlike desire to "sniff" each other, to rub against each other's fur.

Capitalist "punks," with hair like cocks' combs and with red metal stars attached to their torn jeans, regard the so-called neutral zone from the wooden observation platforms in West Berlin. Socialist "punks" wildly applaud the rock and roll that comes over the wall, which is not so impenetrable after all.

роллу, доносящемуся из-за берлинской стены, которая, оказывается, не так уж непроницаема.

Берингов пролив, где прыгал, пробираясь со льдины на льдину, одинокий соболь — это Северный Чек Пойт Чарли. Его водяная «нейтральная полоса» тоже небезопасна. Говорят, что почти все заключенные, пытавшиеся когда-то бежать в Америку из сталинских лагерей, или были выданы эскимосами и чукчами (за беглецов платили порохом и пулями), или замерзли, или были потоплены на лодках под пулеметами погранохраны.

Правда, во время Второй мировой войны через Аляску и Сибирь в Москву летали американские «дугласы», в одном из которых была тогда еще молодая Лилиан Хеллман, влюбившаяся в русского летчика (затем он бесследно исчез и можно предположить — где). Я жил тогда на своей родине — сибирской станции Зима (примерно в 300 километрах от озера Байкал), и на наш маленький аэродром иногда садились «дугласы». Американцы ходили по деревянным мостовым, скрипя яркожелтыми высокими ботинками, и дарили нам чуингам, про который мы думали, что это — конфеты.

Любимыми иностранными актрисами нашего детства были Вивьен Ли и Дина Дурбин. Но русско-американский «медовый месяц» кончился вскоре после победы, и над Беринговым проливом навис «железный занавес» холодной войны. Только наиболее отчаянные эскимосы находили или просверливали в нем дырки, проходя под прикрытием густых туманов пограничную зону. Они навещали своих родственников, и до сих пор где-нибудь в «яранке» (меховой палатке) на советской стороне вы можете встретить американский винчестер, а в снежном «иглу» на американской стороне советскую водку со штампом «Петропавловск на Камчатке».

Пустую бутылку именно с таким штампом я обнаружил в 1966 году в Пойнт Хопе, в «иглу» одинокой старухи-эскимоски. Бутылка была подвешена за веревочку в углу, а из горлышка торчала стеариновая свеча с религиозно трепещущим лепестком огня. Старуха сказала, что в этом углу раньше висела православная икона, но она ее продала. Старуха сказала, что она теперь молится пустой бутылке, потому что это — подарок ее родственников с той стороны пролива.

Парадоксально и грустно, что на той, американской стороне пролива, сохранились многие деревянные русские церкви, а на советской стороне — не уцелело ни одной. Эти драгоценные памятники деревянного зодчества были уничтожены нашим разрушительным ультрареволюционным нигилизмом. Холодной войной, моделированием друг из друга «врагов» были разрушены исторические связи между двумя близнецами — Аляской и Сибирью. Это было и против истории, и против природы. Неестественность фатальной разделенности при фатальной близости дошла до идиотских ситуаций, когда были перерезаны и водные, и воздушные пути между Аляской и Сибирью.

86-километровая ширина пролива стала казаться гигантской ледяной Сахарой. Открытая русскими землепроходцами в 17 веке и проданная царским правительством в 1867 году за 7,2 миллиона долларов, Аляска, оставаясь на том же самом месте, в то же время как будто была отшвырнута жестокой рукой от своей кровной сестры — Чукотки — и от Сибири в целом. Жители Фербанкса должны лететь в Бухту Провидения, до которой 20 минут лёта, 30 часов через Нью-Йорк и Москву.

Климат, флора и фауна Аляски и Чукотки настолько схожи, что разрабатывать природные богатства, заботиться об окружающей среде не вместе — это экономически глупо. А ведь была когда-то Российско-американская компания, созданная нашими предками еще в 1799 году, была. Но это все постепенно забывалось. Оставаясь географически неизменным, в человеческих взаимоотношениях расстояние между Аляской и Чукоткой катастрофически увеличивалось. Два разделенных единокровных близнеца все дальше отплывали друг от друга, и на их берегах тревожно скулили соболи, привставая на позвонках китов.

В 1966 году, в Фербанксе местные университетские поэты рассказали мне свою мечту — купить вскладчину какой-нибудь старенький дешевый самолет, отремонтировать его и полететь без всякого разрешения в гости к поэтам Петропавловска на Камчатке. У меня мурашки пошли по коже, когда я представил, чем может кончиться их прелестная идея. На Аляске я, и мой американский друг — профессор Квинс колледжа Альберт Тодд — арендовали на пару дней частный самолет. Его владелец был бывший военный летчик, во время Второй мировой войны экспортировавший транспорты с продо-

The Bering Strait, where the lone sable made its way leaping from ice floe to ice floe, is the Checkpoint Charlie of the North, and its watery neutral zone is also not without danger. They say that almost all the prisoners who tried to escape from Stalin's camps to America were either turned in by the Eskimos and Chukchi (who were paid in gunpowder and bullets) or froze to death or drowned in boats riddled by the machine-gun fire of the border patrol.

Of course, during World War II, American aircraft flew across Alaska and Siberia to Moscow. (In one of them was Lillian Hellman, who fell in love with a Soviet pilot—he later disappeared, and we can guess to where.) I was living in my Siberian hometown of Zima Junction in those days (about three hundred kilometers from Lake Baikal), and the planes sometimes landed in our small airport. Americans paced our wooden sidewalks, their bright yellow high-topped shoes squeaking, and gave us chewing gum, which we thought was candy.

The favorite foreign actresses of our childhood were Vivien Leigh and Deanna Durbin. But the Russian-American honeymoon ended soon after the victory, and the Cold War iron curtain came down over the Bering Strait. Only the most daring Eskimos found holes in it, or drilled them, passing the border zone under cover of thick fog to visit their relatives. To this day you can find an American Winchester in a *yaranga* (fur tent) on the Soviet side or a bottle of Soviet vodka, marked Petropavlovsk-on-Kamchatka, in an igloo on the American side.

I found an empty bottle just like that in 1966 in Point Hope, in the igloo of an old Eskimo widow. The bottle hung from a rope in the corner with a candle in its mouth that burned with a flame trembling religiously. The old woman said that she used to have an Orthodox icon in that corner but had sold it. She said that now she prayed to the empty bottle, because it was a gift from her relatives on the other side of the strait.

It is paradoxical and sad that on the American side many wooden Russian churches have survived, while not a single one has on the Soviet side. Those precious architectural monuments were destroyed by our ultrarevolutionary nihilism. The Cold War, which turned us into "enemies," destroyed the historical ties between the twins—Alaska and Siberia. That was against history and against nature. The unnaturalness of that fatal political separation, combined with an equally fatal geographical proximity, led to the idiotic act of cutting off water and air routes between Alaska and Siberia. Now, a resident of Fairbanks has to travel twenty hours via New York and Moscow to reach Bukhta Provideniia, which is twenty minutes away.

The eighty-six kilometers of the strait began to resemble a gigantic, icy Sahara. Discovered by Russian explorers in the sixteenth century and sold by the tsarist government in 1867 for $7.2 million, Alaska, though physically staying in the same place, was torn away by a cruel hand from its blood sister, Chukotka, and from all of Siberia.

The climate and the flora and fauna of Alaska and Chukotka are so similar that to develop the natural resources or protect the environment of one without consideration of the other is economically stupid. Once there used to be a Russian-American Company, created by our ancestors back in 1799, to do that. But all this was gradually forgotten. Though they remained geographically unchanged, Alaska and Chukotka grew catastrophically farther apart. The divided twins floated farther and farther away, and on their shores sables whimpered anxiously, standing on the spines of whales.

In 1966 in Fairbanks, the local university poets told me their dream—to chip in and buy a cheap used plane, repair it, and fly off without any permission to visit the poets of Petropavlovsk-on-Kamchatka. Shivers went up my spine when I pictured what this lovely idea could lead to. In Alaska, my American friend Albert Todd, a professor at Queens College, and I did rent a small plane for a few days. The owner was a former military pilot who had escorted transports of food to Murmansk during World War II. He looked a lot like James Dickey, with a bull neck and beet-red cheeks. He was sentimental, and during our flights he liked to reminisce about the war, sipping

вольствием к Мурманску. Очень похожий на Джеймса Дикки, с бычьей шеей, и с румянцем свекольного цвета, он был сентиментален, и во время полета, пилотируя, любил предаваться батальным воспоминаниям, аккомпанируя себе глотками из пузатой бутылки джина.

Однажды, над Беринговым проливом он расчувствовался почти до слез:

— Слушай, Юджин, — я так соскучился по вашим русским парням. Мы пили с ними водку цистернами в Мурманке... Давай слетаем в гости к вашим пограничникам — на пару часиков...

Он не шутил. Его волосатые, похожие на двух горилл руки уже начали поворачивать штуквал, и я еле успел вцепиться в них, сообразив, что нас обоих вряд ли примут за голубей мира.

В одном аляскинском поселке, в ночном баре, где солдаты с ракетной базы танцевали с подвыпившими пятнадцати-шестнадцатилетними эскимосками, я познакомился с американским майором, который, перекрикивая орущего из пластиночного автомата Элвиса Прейсли, хрипел мне в ухо:

— Юджин, ты служил когда-нибудь в армии? —

— Вроде Элвиса Прейсли... — честно признался я.

— Тогда ты ничего не знаешь про армию... Ты наверняка думаешь, что все профессиональные военные — это солдафоны и убийцы, а это неправда, Юджин. Профессионалы ненавидят войну еще больше, потому что они знают, что за блядь — война. Дай-ка я тебе нарисую кое-что на салфетке. Узнаешь? Это ваша Чукотка. А вот тут — ваша ракетная база, точно такая же, как наша. И я уверен, что там хорошие русские парни — не хуже наших. Но мы нацелены на этих парней, а они — на нас. Понял? Тебе хорошо от этого, Юджин? А мне — не очень...»

Много мы выпили с этим майором. Настолько много, что я сам не знаю — было ли в действительности то, что произошло дальше, или это моя фантазия. А, может быть, это наполовину правда, а наполовину сон, похожий на правду? Помню асфальтовую, довольно широкую дорогу, по которой майор ведет джип, матерясь и отхлебывая из горлышка бутылки. Крупные хлопья снега бабочками крутятся в фарах. Свет выхватывает по-детски хвастливый указатель, который возможен лишь в Америке: «Через одну милю поворот на секретную ракетную базу». Нет, этого придумать нельзя! Этот указатель я помню совершенно точно! Въезжаем куда-то за колючую проволоку. Какие-то курносые ребята с юношескими прыщиками почтительно козыряют, щелкают каблуками, а глазами смеются — сообразили, черти, что мы с майором — в драбадан.

Мы едем куда-то вглубь, пока не натыкаемся фарами на ракету, похожую на акулу, выныривающую только не из пучин моря, а из пучин земли.

Майор, шатаясь, вылезает из-за руля, подходит к ракете, стукает бутылкой о ее бок: «Чтоб ты никогда не взлетела, сука!» и судорожно отпивает, не забывая оставить виски мне. Потом лезет за пазуху, показывает мне поляроидную фотографию за целлулоидным окошечком бумажника: зеленая поляна, белый коттедж, жена, похожая на Дорис Дэй (на Дорис Дэй почему-то похожи большинство офицерских жен, — даже советских), трое детишек с бейсбольными клюшками...

Альберт Тодд, который был свидетелем начала нашего пьянства с майором, но потом не выдержал и пошел спать, сейчас выражает сомнение в моем ночном визите на американскую ракетную базу:

«Извини, Женя, американская наша секретность, конечно, не на советском высоком уровне, но все-таки тоже существует...»

Как бы то ни было, Альберт Тодд пошел спать, а мы с майором — наоборот, и чем больше проходит лет, тем больше я и сомневаюсь в этой истории, и верю в нее.

И я ее вспомнил опять через 21 год, в ноябре 1987 года на Чукотке, когда летал вдоль Берингова пролива на пограничном вертолете, и одинокий соболь прыгал со льдины на льдину, между Америкой и Россией, немножко напоминая мне и меня самого.

Командир вертолета был, как мы говорим, «афганцем» — то есть ветераном афганской войны, и, честно говоря, у меня было сначала некоторое предубеждение к нему. Совсем недавно перед этим мне рассказывали историю об убийстве инкассатора в Москве, когда грабители выстрелили ему в живот. Один из грабителей деловито спросил «Ну как?» «В порядке... Как в Афганистане...» ответил другой, будучи уверен, что инкассатор убит. Но инкассатор чудом продержался еще какое-то время, и успел сообщить милиционерам эту реплику — по ней и нашли убийц, бывших наших «голубых беретов».

from a tubby gin bottle.

Once, over the Bering Strait, he practically wept.

"Listen, Eugene, I really miss you Russian guys so much. We used to drink vodka by the cistern in Murmansk. Let's go visit your border guards for a couple of hours. . . ."

He wasn't joking. His hairy arms, like two gorillas, were already turning the wheel, and I barely managed to stop him, knowing that it was very unlikely we would be taken for peace doves.

In a bar in an Alaskan town, where soldiers from the missile base danced with drunken Eskimo girls of fifteen and sixteen, I met an American major who shouted in my ear over the jukebox sounds of Elvis Presley.

"Eugene, have you ever been in the army?"

"Like Elvis was," I admitted.

"Then you don't know a damn thing about the army. You probably think that all professional military men are killers, but that's not true, Eugene. The professionals hate war even more because they know what a bitch war is. Let me draw you something on this napkin. Recognize it? That's your Chukotka. And here's your missile base, just like ours. And I'm certain that there are nice Russian guys there—just like ours. But we're aiming at those guys, and they're aiming at us. Understand? Does that make you feel good, Eugene? Not me . . ."

The major and I drank a lot. So much that I'm not sure whether what came next really happened, or whether I imagined it. Maybe it's half truth and half a dream that resembles the truth. I remember a rather wide blacktop road down which the major drove a jeep, swearing and drinking from a bottle. Large snowflakes swirled like butterflies in our headlights. The lights hit the childishly boastful road sign that's possible only in America: SECRET MISSILE BASE 1 MILE. You can't make that up! I remember that road sign perfectly. We drove inside a barbed wire fence. Pug-nosed boys with acne saluted respectfully, heels clicking but eyes laughing—they could tell that the major and I had had a few.

We drove deep inside until our headlights hit a missile, resembling a shark that had just surfaced from the bowels of the earth instead of the depths of the sea.

The major, reeling, got out of the car, walked over to the rocket, and struck its side with the bottle. "May you never fly, bitch!" He drank, leaving some whiskey for me. Then he pulled out a Polaroid picture from a plastic sleeve in his wallet and showed it to me: a green lawn, a white cottage, a wife who looked like Doris Day (the majority of officers' wives look like Doris Day—even Soviet ones), three kids in baseball caps. . . .

Albert Todd, who was a witness to the start of our drinking but then went off to bed, now expresses doubts about my nocturnal visit to an American missile base.

"Forgive me, Zhenya," he said. "Of course our American secrecy is no match for the Soviets, but still, it does exist. . . ."

Nevertheless, Albert Todd went to bed and the major and I didn't, and the more time that passes the more I both doubt this story and believe it.

I recalled it twenty-one years later, in November 1987, in Chukotka, when I flew along the Bering Strait in the border patrol helicopter and the lone sable leaped from ice floe to ice floe between America and Russia, reminding me a bit of myself.

The commander of the helicopter was what we call an "Afghaner," that is, a veteran of the Afghan war, and to tell the truth, I had some prejudices against him at first. Just recently I had been told a story about the murder of a bill collector in Moscow. The robbers shot him in the stomach. One of them asked, "Well, is it all right?" The other replied, "Fine. Just like in Afghanistan . . ." He was sure that the collector was dead. But the man lasted a bit, long enough to tell the police about this bit of dialogue. That's how they found the killers, our former "blue berets."

But this Chukotka Afghaner—a handsome man with a dreamy, bitter sensitivity, still young but already middle-aged—had an innate dignity and an astonishing storytelling gift. He was a professional who hated war, the kind the American major on the other shore, so close and yet so

Но этот чукотский «афганец» — красивый, но не сладкой, а какой-то задумчивой горькой красотой, еще молодой, и в то же время не по возрасту немолодой человек, мне очень понравился своим врожденным достоинством и своим поразительным умением рассказывать — с редким чувством отбора ситуаций и слов. Он принадлежал именно к тому типу профессионалов, ненавидящих войну, о которых и говорил мне когда-то американский майор на другом, таком близком и далеком берегу.

Я спросил «афганца», когда ему было страшнее всего на той войне. Он подумал и ответил, что это было тогда, когда однажды, ничего не объясняя, в ночь перед Новым Годом его отправили из Кабула в Ташкент, и он был уверен, что это будет, как минимум, военный трибунал. За что — он не знал, но вину можно всегда найти. Однако его прямо с военного аэродрома отвезли в отель, дали ключ от номера, где он нашел на столе букет цветов, и приказ командования премировать его встречей Нового Года на Родине и пропуском в ресторан с указанием места. Он выполнил приказ, пошел в ресторан, но ему было неуютно и страшно среди веселья и взаимопоздравительного гогота, и он думал только об одном — о своих товарищах, которые, может быть, в этот момент умирают ни за что ни про что...

В Афганистане он был несколько лет тому назад, но он летал над Чукоткой с этой неумолкающей войной в душе, которая не остановится в нем, даже тогда, когда наконец-то, слава богу, остановится. У него было поразительное чувство красоты природы — у этого чукотского «афганца», может быть потому, что он был почти убит столько раз. Собственная жизнь и все, что он видит, представлялось ему незаслуженным, неоценимым подарком. Они бы прекрасно поняли друг друга с тем американским майором, потому что тот тоже был почти убит столько раз в Корее.

Я открыл иллюминатор вертолета и снимал на лету, коченея руками и чуть не свернув набок шею. Но «афганец» вел вертолет удивительно, поворачивая, казалось, не его, а саму Чукотку с ее почти несуществующим пронзительно синим цветом, с ее снежными, даже днем затененными сопками, на которых лишь иногда проступали золотые пряди солнечного света, случайно пророненные сквозь лиловые тучи.

Мы стояли на кладбище китов — точь-в-точь на таком же, на котором когда-то я был на Аляске, когда черные радуги костей, вколоченные в землю, мне показались архитектурным реквиемом по всем, для кого и океаны — малы. Мы видели черепа белых медведей, сложенные в странный, ни на что не похожий алтарь.

Белая куропатка, похожая на выдох морозного пара из детских губ, бесстрашно села у моих ног, с любопытством поглядывая на меня темными бусинками глаз. Мы шли к лежбищу моржей и прежде, чем увидели его, учуяли ноздрями — настолько остро ударил резкий мускусный запах. Тысячи полторы моржей лежало на гальке единой рыжевато-коричневой грудой, светясь величественными, как сталактиты, бивнями. Моржи были похожи на прижавшиеся друг к другу холмы. Выглядели они могуче, и каждый из них в отдельности мог раздавить человека с фотоаппаратом, нахально приблизившегося к ним метров на 10. А уж если бы они все навалились, то от меня и следа бы не осталось.

Но моржи всей генетической памятью знают, что самый страшный и коварный зверь — это человек. Услышав предупредительный тревожный рык одного из своих часовых, моржи, колыхая мощными телесами и поднимая тучи пыли, поползли к спасительной воде. Там они были подвижней, чем на суше, наказывавшей их притяжением. Но в воде, когда они почувствовали себя защищенней, страх сменился любопытством и над волнами закачались головы моржей с карими искрящимися глазами. У меня было такое чувство, как будто машина времени волшебно перенесла меня к самому началу мира.

А потом я с горечью вспомнил как в 1963 году я ходил в Баренцовом море на зверобойной шхуне, и кто-то поставил на палубе магнитофон с песней знаменитого тогда итальянского вундеркинда — Робертино Лоретти «Санта-Лючия». Эта сладкая песня нравилась обитателям соленой океанской воды, и немедленно около борта вынырнула голова нерпы с женскими восторженно-любопытными глазами.

Кто-то мне сунул в руки карабин, закричал: «Стреляй!» Я выстрелил, и то, что только что было живым, переживающим, светящимся, всплыло потерявшим жизнь мертвым телом, окрашивая воду вокруг себя кровью. Шхуна продолжала дальше путь, не останавливаясь. «Первую добычу не берем!» — ответил мне капитан на мой вопросительный взгляд.

far, had told me about.

I asked him what had been his most frightening experience in the Afghan war. He thought, and said that it was when he was sent without any explanation from Kabul to Tashkent on New Year's Eve, and he had been certain that it meant at least a military tribunal. He didn't know for what, but an excuse could always be found. However, he was taken straight from the military airstrip to a hotel, given a room key, and, up in the room, he found a bouquet of flowers, orders from his commander to celebrate the New Year in the homeland, and a restaurant reservation. He obeyed orders and went to the restaurant, but he was unhappy and scared amid the laughter and congratulations, and his only thought was of his comrades, who perhaps were dying at that very moment for nothing.

He had been in Afghanistan several years ago, but he flew over Chukotka with that unceasing war in his heart, that war which will not cease inside him even when it does come to an end, God willing.

He had an astonishing sense of the beauty of nature, that Chukotka Afghaner, maybe because he had come so close so many times to being killed. His own life, and everything he saw, was an undeserved and priceless gift. He and the American major would have understood each other perfectly, because the latter had come close to being killed in Korea many times.

I opened the helicopter window and photographed as we flew, my hands growing numb and my neck twisted at a bizarre angle. The Afghaner piloted the helicopter amazingly well; it felt as if he were turning Chukotka itself, with its incredible, piercing blue skies and its snowy hills that were shadowed even in daytime, when golden strands of sunshine rarely dropped through the purple clouds.

We were at a whale cemetery—exactly like the one I had visited once in Alaska, where the black rainbows of bones seemed like an architectural requiem for everything that finds even the oceans too small. We saw the skulls of polar bears, piled into a strange altar that was like nothing I had ever seen.

A white partridge, like a puff of frosty steam from my mouth, fearlessly sat at my feet, its beady eyes staring at me with curiosity. We went to a walrus rookery, and before we saw it, we smelled it—the harsh musky odor was powerful. About fifteen hundred walruses lay on the gravel in a single reddish-brown mass, their majestic, stalactite-like tusks shining. They looked like huddled hills. They were strong, and any one of them could have squashed a man with a camera who brazenly got within ten yards of them. If they all fell on me, I would disappear without a trace.

The walruses' genetic memory tells them that their most dangerous and treacherous enemy is man. A sentry walrus let out a warning bellow and the walruses headed for the water, their bodies billowing and raising dust. They were more mobile in the water than on land, which punished them with gravity. But once in the water, they felt safer, and curiosity replaced fear. Walrus heads with bright brown eyes bobbed in the waves. I had the feeling that a time machine had carried me to the beginning of the world.

And I remembered bitterly my 1963 trip on a hunting schooner in the Bering Strait, when someone set up a tape recorder on deck playing "Santa Lucia," performed by the celebrated Italian wunderkind Robertino Loretti. The sweet song attracted the denizens of the briny deep, and a seal's head with feminine, delighted, and curious eyes immediately popped up over the side.

Someone stuck a rifle in my hands and shouted: "Shoot!" I shot and what had just been alive, sentient, and radiant floated up dead, bloodying the water around it. The schooner went on without stopping. "We don't take the first kill," said the captain in response to the question in my eyes.

I had a similar experience when I killed a goose flying over the Vilui River, and, as God's punishment, the goose fell right into our boat into my hands. But that was just the start of the punishment, for the second goose circled above the boat that held his fallen brother for the rest of the day, crying, as if his cries could resurrect the dead. I almost stopped hunting after that. And I

А потом у меня был другой случай, когда я убил в лет одного из летевших над Вилюем гусей, и он, словно совершая божье наказание, упал в нашу лодку, прямо мне в руки. Но это было только начало наказания, ибо второй гусь целый день кружил над нашей лодкой, где лежал его убитый брат, и кричал, как будто своим криком мог воскресить убитого. С той поры я практически бросил охоту. А ведь я никогда не убил ни одного человека. Что же испытывают те, кто убивает людей? Почему они тогда не бросят навсегда охоту на людей — войну?

Не стоит, конечно, идеализировать любовь к животным — особенно показную. Гитлер, кажется, обожал кошек, а Геринг — собак, что не мешало им замучить стольких людей. Но жестокость к животным — это треннинг жестокости к людям. Вспомните хотя бы испанского инфанта Филиппа из книги Шарля де Костера «Тиль Уленшпигель», который сажал живых кошек внутрь клавесина. На каждой клавише была иголка, и при нажатии кошки жалобно мяукали. Чем закончились подобные «шалости» инфанта? Кострами инквизиций, где он поджаривал уже не собственную обезьяну, а еретиков.

Советские газеты постоянно критикуют США за пропаганду насилия и жестокости. Американские газеты критикуют СССР за попирание прав человека — т.е. практически за жестокость в области духа. Но вот вам Берингов пролив, разделяющий две наши страны, где и по ту, и по другую сторону одинаково много жестокостей по отношению к животным. Хищнические забои моржей, могучих, но одновременно беспомощных, беззащитных. Избиение дубинами бэби-нерп, когда вылетающие из орбит глаза кричаще прилипают к фартукам убийц. Убийство собак на шапки, когда животных обдирают полуживыми, ибо мех тогда дольше сохраняется. Расстрелы с вертолетов диких оленей, когда убегающие беременные оленихи в ужасе отстреливаются плодами, исторгая их из чрева, чтобы легче было бежать. Отношение к прирученным оленям, как к свиньям, обреченным на убой. Лов рыбы сетями с зауженными ячейками. Продолжающееся, несмотря ни на какие «общественные кампании», уничтожение китов. Может быть, киты устраивают массовые самоубийства для того, чтобы в людях, наконец, проснулась совесть?

Послушайте «экологический джаз» Поля Винтера, когда он микширует со своей музыкой песни китов, похожие на молитвы, чтобы мы их не убивали? Неужели мы упражняемся в жестокости на животных из инстинкта сохранения этой жестокости, которая нам может пригодиться в войне против себе подобных? Может быть, нам лучше позабыть, изжить из генетической памяти искусство жестокости и к животным, и к людям, и тогда шансы взаимоканнибализма понизятся?

Аляска и Сибирь — несправедливо разделенные близнецы, сблизившись, могут дать великий приглашающий пример. На исходе двадцатого века наконец-то появились надежды, уже почти никем не ожидавшиеся. Дипломатия дипломатов нас во многом обманула, но появилась новая «гражданская» «народная» дипломатия. Эта дипломатия оказалась необычайно успешной, как действия партизан во время войны иногда важнее действий регулярной армии.

В 1987 году английская пловчиха впервые переплыла Берингов пролив, магически соединив своим телом блудную дочь Англии — Америку с полуазиаткой-полуевропеянкой Россией. В этом же году американское судно с Аляски впервые зашло в чукотский порт. Только на год раньше аляскинские эскимосы впервые официально ступили на советскую землю. В этом же году жители аляскинского города Кодиаках обратились с предложением о постоянном обмене людьми и идеями с чукотским городом Анадырь.

«У жителей Анадыря и Кодиака много общего, что нас объединяет. Самое главное, это любовь к нашим городам и наши надежды на счастливое будущее для своих детей. Мы понимаем, что в случае ядерной войны все, чем мы дорожим, будет уничтожено, поэтому нам хотелось бы объединиться, чтобы создать мосты общения...» — вот что написали кодиакцы анадырцам — своим русским соседям.

...Соболь продолжает бежать по Беринговому Проливу, балансируя на плывущих льдинах и рискуя оскользнуться, свалиться в воду. Но соболь и не предполагает, что навстречу друг другу с обоих берегов потихоньку растут невидимые мосты...

Была когда-то такая песня «А что Сибирь? Сибири не боюся... Сибирь ведь тоже русская земля...» Эта песня была ответом всем тем, кто думал, что Сибирь это всего-навсего гигантская снежная

had never killed a man. What do people experience when they kill another person? Why don't they give up hunting men—why don't they give up war?

Of course, we musn't idealize love of animals—especially when it's just for show. They say Hitler loved cats and Goering loved dogs, which did not stop them from killing and torturing so many people. But cruelty to animals is training for cruelty to people. Recall the Spanish infante Philip, from Charles de Coster's *Till Eulenspiegel*, who placed live cats inside his harpsichord. Each key had a needle and when the keys were pressed, the cats meowed piteously. What did the infante's childish games lead to? The bonfires of the Inquisition, where he burned not his own pet monkey but heretics.

Soviet newspapers constantly criticize the U.S. for its propaganda of violence and cruelty. American newspapers criticize the U.S.S.R. for violations of human rights—that is, for cruelty in the realm of the spirit. But here is the Bering Strait, separating our two countries, where there is the same number of incidents of cruelty to animals on both sides. The vicious slaughter of walruses, who are powerful but at the same time helpless and defenseless. The clubbing to death of baby seals, whose eyes fly out of their sockets and stick to the aprons of their killers. The skinning alive of dogs for hats, because the fur lasts longer that way. The shooting of wild deer from helicopters, the escaping pregnant does cropping their fetuses in terror, making it easier to run. The treating of domesticated deer like pigs, doomed to slaughter. The catching of fish with gill nets. The destruction of whales, which continues despite all public outcries and publicity campaigns. Do the whales commit mass suicide in order to awaken human conscience?

Listen to Paul Winter's "ecological jazz," where he mimics the songs of the whales, that sound like prayers to keep us from killing them! Could we really be practicing our cruelty on animals out of an instinct for preservation of that cruelty, which will be useful in a war against those like us? Wouldn't it be better to forget, to expunge the art of cruelty both toward animals and toward people from our genetic memory so as to lower the chances of mutual cannibalism?

Alaska and Siberia, the unjustly divided twins, could set a great example by reuniting. At the end of the twentieth century, hopes we had not dared to hope have appeared at last. The diplomacy of diplomats tricked us in many ways, but a new "citizens" diplomacy has appeared. This diplomacy has been extremely successful, just as the actions of partisans during wartime are sometimes more important than those of the regular army.

In 1987, an Englishwoman was the first person to swim across the Bering Strait, her body magically uniting America, England's prodigal daughter, with the semi-Asiatic, semi-European Russia. That same year an American ship first sailed from Alaska to a Chukotka port. That year for the first time Alaskan Eskimos officially set foot on Soviet soil. That same year residents of Kodiak in Alaska proposed a permanent exchange of people and ideas with the Chukotka city of Anadyr.

"The people of Anadyr and Kodiak have much in common. The most important is love for our cities and our hopes for a happy future for our children. We understand that in case of nuclear war everything we hold dear will be destroyed; that is why we would like to unite, to create communication bridges." That's what the citizens of Kodiak wrote to their Russian neighbors in Anadyr.

. . .The sable was still running along the Bering Strait, balancing on the ice floes and risking falling into the water. The sable had no idea that invisible bridges were being built on both shores. . . .

There used to be a song, "What about Siberia? I'm not afraid of Siberia. Siberia is part of Russia. . . ." The song was a response to all those who thought that Siberia was nothing but a gigantic snowy prison. But before there were exiles there, people ran off to Siberia seeking freedom. Those refugees became the conquerors of Siberia. They brought to Siberia a free spirit that could not coexist with the torture chambers of the Kremlin but that found space over the Ural Mountains.

тюрьма, и все. Но прежде, чем в Сибирь стали ссылать, туда бежали, ища свободу. Эти беглецы и стали завоевателями Сибири. Они принесли с собой в Сибирь вольный дух, не ужившийся в Москве рядом с пыточными кремлевскими башнями, но зато нашедший столько простору за уральским хребтом. Семена европейской культуры аристократов-декабристов и польских мятежных интеллектуалов падали в Сибири на благодатную почву, вспаханную непокорным казачеством и крестьянством.

Мои предки были сосланы в Сибирь за поджог помещичьего дома, и шли до Байкала почти год в кандалах, разбивших до крови ноги. По семейным преданиям, моя прабабка убила кулаком царского урядника — такой она была страшной физической силы. Оба мои деда делали революцию, и оба они после революции попали в сталинские сибирские лагеря. Только на одной реке Колыме в лагерях было, как говорят, несколько миллионов человек.

Но в Сибири с детства я видел не только тюрьму — я видел в ней тайную кладовую свободы. Не зря говорят, что нигде люди не бывают так свободны, как в тюрьме. Там, где я вырос, — на станции Зима, самым большим преступлением считалось выдать беглеца властям. А если кто выдавал, предателя вскоре находили мертвым.

Другим преступлением в Сибири всегда считалось — не поделиться. Не поделиться крышей, хлебом, патронами, спичками. Во время Второй мировой войны Сибирь кормила миллионы эвакуированных и отдала лучших своих сыновей фронту. Москва была спасена сибиряками. После смерти Сталина Сибирь руками своей молодежи сама начала ломать сталинские лагеря. Поэт, который когда-то первым сказал, что Сталин убийца, — погиб в Сибири. Поэт, который первым через тридцать лет снова сказал, что Сталин убийца, — родился в Сибири.

...Соболь продолжает бежать со льдины на льдину. Если приглядеться, то заметно, что он чуть прихрамывает — это от старого капкана...

А вот единственная эскимосская поэтесса Зоя Ненлюмкина никуда не бежит, ходит осторожно, чуть боком, и совершает странные на общий взгляд поступки. Она пришла ко мне в гостиницу в бухте Провидения, и прочла такое стихотворение, написанное на ее родном науканском диалекте:

Осень.
Долгий глухой снегопад.
Ворон хрипло кричит невпопад:
брррат...
Мне?
Тебе? И на память приходит
сохранившаяся в народе
полубыль,
полусказка о том,
как за домом пустел жутко дом,
как сородичей голод косил,
и земля из под снега,
без сил
черной плотью тянулась к теплу,
но как небо шаман не просил,
теплый дождь землю не оросил —
только смерть ворошила золу.
Прадед помнит о горькой поре...

The seeds of European culture, of the aristocrat Decembrists, and the rebel Polish intellectuals fell on fertile soil in Siberia, plowed by the unruly Cossacks and peasants.

My ancestors had been exiled to Siberia for setting fire to their landowner's house, and it took them almost a year to walk to Lake Baikal in leg irons that chafed and scraped. Family tradition has it that my great-grandmother killed a tsarist village constable with a blow of her fist—she was a powerful woman. Both my grandfathers were revolutionaries, and both of them ended up in Stalin's Siberian camps after the revolution. They say that along the Kolyma River alone there were several million people in the camps.

But ever since my childhood I saw more than prisons in Siberia—for me it held a secret treasure house of freedom. There is truth in the saying that a man is nowhere as free as in prison. Where I grew up, in Zima Junction, the greatest crime was turning an escaped prisoner in to the authorities. If anyone ever did turn a prisoner in, he was soon found dead himself.

Another major crime in Siberia was not sharing. Not sharing a roof, some bread, or bullets or matches. During World War II Siberia fed millions of people evacuated from front-line cities and gave up its sons to the war. Moscow was saved by Siberians. After Stalin's death, Siberia's young people took down Stalin's camps with their own hands. The poet who was the first to call Stalin a murderer died in Siberia. The poet who was the first to once more call Stalin a murderer thirty years later was born in Siberia.

...The sable still ran from floe to floe. A close look revealed that the animal limped—the mark of an old trap....

Zoya Nenlyumkina, the only Eskimo poetess, is not running anywhere; she walks carefully, sideways, and performs actions that seem strange to outsiders. She came to my hotel in Bukhta Provideniia and read me this poem written in her native Naukansky dialect.

Autumn.
A long, thick snowfall.
The raven cries out:
Brrrrother.
Me?
You?
And a half-legend
Half-story
Saved by the people
Comes to mind.
How house after house
Emptied horribly,
How families were tormented
By hunger
And the land from under the snow
Without strength
Strove for warmth, like black flesh.
But no matter how the shaman begged at the sky,

Скольких голод скосил в сентябре, —
ворот выжил,
бок о бок с жилищем,
эскимосскою выкормлен пищей,
пусть убогой,
случайной,
но это
помогло продержаться до лета.
Стаял снег.
Вскрылись реки и почки.
Солнце залило землю цветеньем.
Ворон в небо ушел черной точкой.
Прадед мой не оставил селенье.
Но в заботах,
но в радостях кратких,
от земли отрывая свой взгляд,
он нет-нет да проводит украдкой
птичью стаю, и снова, с оглядкой
ждет: вдруг ворон вернется назад.
Осень. Краски прощаются с нами.
Иней. Изморозь и седина.
И зима залегает снегами,
и длинна, ох, длинна!
А ворон, говорят, спустя годы
все же прилетел к яранге спасителя,
и перья его были совсем седыми
от инея или...
Кто знает!»

...Бежит соболь по льдинам, бежит, а Зоин седой ворон над ним кружит...

— Почему ты такая грустная, Зоя? — спрашиваю я эскимосскую поэтессу.

— Язык наш умирает... — отвечает она. — А разве есть хоть один некрасивый язык...

— Нет, Зоя, нет ни одного некрасивого языка... — отвечаю я.

— Значит, если хоть один язык умирает, красоты на земле убавляется... — говорит Зоя и задумывается, а потом добавляет: — А еще вот что — теплом детей наших губят...

— Это как? — оторопеваю я.

— А так... Как только эскимосский ребенок родится, его сразу у матери из яранги отбирают, и в тепло, в интернат... Он к теплу, к батареям приучается, и слабеть начинает... А потом, когда вырастает, его снова на холод, в стадо... И какой из него оленевод! Он же погибнет на холоде... Тепло для северного человека — яд... — Ой, заговорились мы с вами... Вы меня проводите?

— Провожу, — говорю я.

Идем долго, через весь поселок. Подходим к горсовету. У горсовета рядом с автобусной остановкой стоят прямо на снегу два чемодана со сломанными замками, обвязанные бельевыми веревками.

The warm rain did not fall
And only death stirred the ashes.
Great-grandfather remembers the bitter time . . .
How many were killed by hunger in September . . .
The raven survived
Side by side with the dwelling,
Fed by Eskimo food,
Miserable,
Accidental,
But it helped him last till summer.
The snow melted.
Rivers and buds opened.
The sun poured blossoming on the earth.
The raven flew, a black dot, into the sky.
My great-grandfather did not leave the dwelling.
But in his cares,
In his brief joys,
Taking his eyes from the land,
He followed the flock of birds,
And waited, maybe
The raven would come back.
Autumn. The colors say good-bye.
Hoarfrost. Ice and gray.
Winter lays down its snows
And it's long, oh so long!
And the raven, they say, came back
Years later, flew back
To his savior's *yaranga*
And his feathers were gray . . .
With hoarfrost or . . .
Who knows!

. . .The sable runs on the ice floes, and Zoya's gray raven circles above it. . . .

"Why are you so sad, Zoya?" I ask the Eskimo poetess.

"Our language is dying," she replies. "And is there even one ugly language?"

"No, Zoya, there are no ugly languages," I reply.

"Then if even one language dies, there is less beauty in the world," says Zoya, and then stops to think. "And you know what else? They're destroying our children with warmth."

"How's that?"

"Like this. As soon as an Eskimo baby is born, they take it from the mother's *yaranga* and put it in the dormitory, where it's warm. The child gets used to the warmth, to the radiators, and he grows weak. . . . And later, when he grows up, he goes out in the cold again, with the herd. . . . What kind of a herder of reindeer can he be? He dies in the cold. . . . Warmth is poison for people from

— Вот и мой багаж из деревни... — говорит Зоя.

Я опять удивляюсь:

— Зоя, мы ведь с тобой долго разговаривали — часа четыре... Неужели мы на это время так и оставила эти чемоданы, просто-напросто на снегу?

— Так просто-напросто и оставила, — отвечает Зоя. — А что, нельзя?

...Бежит соболь по льдинам, бежит, и все-таки вдруг поскользнулся. Потащила его вода в себя, но он не поддается, коготочками в край льда вцепился, заскреб, выкарабкался на этот раз...

Эскимосов на Чукотке по переписи 1979 года было всего 1.287 человек, а вот юкагиров и того меньше — 144 человека. Последние могикане севера. Зоя Ненлюмкина была права: воспитание в «оранжерейных» условиях убийственно для северных детей, ибо оно расслабляет их, и, привыкнув к теплу, дети оказываются беззащитными в белой пустыне перед устрашающим воем пурги.

Но нация не вымирает, потому что есть те, кто держится за традиции выживания. Яранга — это самая лучшая колыбель мужества на севере. Заснеженные конусы яранг, сшитых из оленьих шкур, похожи на груди северной природы-кормилицы. Яранги внутри мудро разделены на несколько кожаных комнат — прихожая, где остается вносимый входящими главный холод, столовая — куда проникает лишь маленький холод, и спальня, где человеческие дыхания образуют колышашуюся крепость тепла. Жировые светильники похожи на мистически оставшиеся живыми глаза убитых китов. Есть еще умельцы, которые шьют водонепроницаемые прозрачные дождевики из рыбьих пузырей. Детские «подгузнички» с открывающимся на попке карманом шьют обычно из шкуры россомахи — ибо, как говорят знатоки, устройство каждого волоска россомахи таково, что на шкуре не выступает иней.

Эскимосов, одетых как век или два назад, встретить почти невозможно, то — вранглеровские джинсы под нерпичьей кухлянкой, то — поролоновые луноходы на ногах, то наушники японского кассет-плейера, всунутые под песцовую шапку, то — микрокалькулятор в руках директора звероводческого совхоза.

Но однажды наш вертолет опустился прямо на середину оленьего стада, и из стада, как будто из случайного тумана времени, вышел человек, одетый, наверно так, как одевались еще в каменном веке. У него было лицо воина с холодом, воина с гигантскими снежными пространствами, воина с исчезновением своего народа. Это лицо было как будто вырублено каменным топором из камня. Цивилизация не коснулась этого лица, но в глубине глаз, запрятанных под почти неандертальским лбом, жила высокая цивилизованность инстинкта выживаемости, цивилизованность взаимоотношения с природой, которая ему нашептала в ухо столько своих тайн.

Когда я фотографировал его, у меня было ощущение, что я со своим «Никоном», попал в такое далекое прошлое человечества, что вот-вот из снежных хлопьев появится еще не вымерший мамонт и затрубит песню предчувствия собственной гибели.

Есть еще такие уголки на земном шаре — заповедники нашей предыстории. Есть еще такие люди, которые живут так, словно не существовало никаких философий — только философия инстинкта, никакой техники — кроме техники выживания. Но вот что поразительно — чаще всего эти люди нравственно чище нас. Неискушенность делает их честнее, необразованность — мудрее. Странное у меня было чувство перед этим реликтовым человеком, вышедшим из стада оленей к неожиданно присевшей на снег огромной металлической стрекозе — мне было одновременно и жаль его, и стыдно перед ним.

А когда вертолет оторвался от земли, реликтовый человек снова вошел в море оленей, седых от мороза, и растворился в этом море, как призрак детства человечества. На нем не было ни одной современной вещи, ни одной современной пуговицы, ни одной современной ниточки. Но какие-то нити нас все же связывали, и друг на друга мы смотрели, как животные одной породы, только разных периодов.

...Соболь, чудом выбравшийся из ледяной воды, еле успел отряхнуться, но все-таки вода кое-где превратилась в сосульки на его боках, отяжелила его. Теперь бег для него стал уже не просто движением, а спасением —

the North. . . .

"Oh, we've been talking so long. . . . Will you walk me home?"

"Of course."

We walk a long time, through the whole village. We reach the city council. Right in front of the building, by the bus stop, two suitcases sit in the snow. The locks are broken and the suitcases are wrapped with clothesline.

"Here's my luggage from the village," Zoya says.

I was astonished.

"Zoya, we've been talking a long time—about four hours. You don't mean you left your suitcases all that time here in the snow, just like that?"

"Just like that," she replied. "Why, isn't it done?"

. . .The sable runs over the ice floes, and suddenly it slips. The water sucks the sable in, but the animal does not submit, its tiny claws holding on to the edge of the ice, and it hauls itself up this time. . . .

The 1979 census showed just 1,278 Eskimos in Chukotka, and only 144 Yukagirs. They're the last Mohicans of the North. Zoya Nenlyumkina was right: "hothouse" conditions are murderous for Northern children, for it weakens them, and once they get used to the warmth, the children are helpless in the white desert, in the howling blizzards.

But the nation has not died out, because there are those who cling to survivalist traditions. The *yaranga* is the best cradle of courage in the North. The snow-covered cones of the *yarangas*, made of deerskin, look like the breasts of northern Mother Nature. The tents are intelligently divided inside by skin walls. There is the entry, where most of the cold brought in by people is left; the dining room, where only a little cold penetrates; and the bedroom, where human breathing creates a trembling fortress of warmth. The oil lamps look like the mystically alive eyes of killed whales. And there are still those who know how to sew waterproof coats out of fish bladders. They make the children's union suits with a flap on the rear end out of the pelts of wolverines—because, the experts say, the wolverine's fur grows in such a way that it will keep frost from forming.

It is practically impossible to meet Eskimos dressed in the way they used to dress a century or two ago. You'll see Wrangler jeans under a sealskin coat, or moon boots on their feet, or earphones of a Japanese cassette player under a fox hat, or a calculator in the hands of the director of an animal breeding sovkhoz.

But once our helicopter landed right in the middle of a reindeer herd, and out of the herd, as if out of the condensed fog of time, came a man dressed the way people must have dressed in the Stone Age. He had the face of a warrior armored against the cold, against gigantic snowy expanses, against the vanishing of his people. The face was hewn out of rock by an ax. Civilization had not touched that face, but in the depths of the eyes, hidden beneath an almost Neanderthal brow, lived the highly civilized instinct of survival, the civilization of interrelationship with nature, which had whispered so many of her secrets in his ear.

When I photographed him, I had the feeling that my Nikon and I were transported so far back in man's past that a still-not-extinct woolly mammoth would appear through the snow and trumpet a song of premonition of its death.

There still exist corners of the earth that are preserves of our prehistory, and there are still people who live as if there were no philosophy—just the philosophy of instinct—and no technology except the technology of survival. Most often these people have a greater moral purity. Lack of sophistication makes them more honest; lack of education more wise. I had a strange sensation before this human relic who came out of a herd of reindeer toward the enormous metal dragonfly that landed unexpectedly on the snow—I simultaneously pitied him and felt ashamed before him.

When the helicopter tore away from the ground, the relic man went back into the sea of

только так он мог не замерзнуть, и, наверное, яростно колотилось его крохотное сердечко, гоня кровь под бахромой заиндевелой шкуры, оттаивая ее своим отчаянным теплом...

Теперь о юкагирах, ибо, судя по чертам лица, тот реликтовый человек, возможно, был именно юкагир. Когда-то это было могучее племя. Но оно потихоньку стало слабеть и редеть именно из-за доброты этого племени. Говорят, что юкагиры с некоторых пор прежде чем убить какого-либо зверя, просили его, чтобы он их простил. Записанная мной со слов одной старухи-юкагирки молитва была такова: «Я знаю, что ты голоден, как я, медведь. Я знаю, что у тебя дети, как у меня, медведь. Я знаю, что ты тоже хочешь жить, как я, медведь. Прости меня за это все, медведь, и помоги мне убить тебя, медведь.» Но медведи и другие животные успевали удрать во время таких длинных молитв охотников-юкагиров — оттого-то те и начали вымирать.

...Соболь отогрел себя бе́гом, понял, что спасся, и вспомнил о своей погибшей подруге, которой капкан перекусил ногу, — его подруга сейчас гордилась бы им. Соболь подумал о том, что на том, американском берегу, он может найти себе другую подругу, которая народит ему кучу пищащих мокреньких соболят, и побежал еще быстрее, как будто услышал в снежном ветре зовущий его соболиный женский голос американки, одинокой, как он, ибо в глаз ее жениха, чтобы не испортить шкуру, точно попала пуля несентиментального охотника...

Дети самых разных северных народностей — чукчи, эскимосы, кереки, эвены — обступили меня в интернате старинного казацкого поселка — Марково. Марково — это оазис среди тундры, где горбатые лоси бродят среди самых настоящих лесов, где растет черная смородина, и собирают урожай собственной картошки. Лучшего места для интерната не придумаешь, и все-таки он немножко похож на сиротский дом, ибо, заслышав подъезжающую автомашину, дети прижимаются носами к окнам, надеясь что приедут родители и их отсюда заберут.

Дети были одеты совсем неплохо — в свитерки, в шарфики, чулочки в резинку, словом, совсем по городскому, но в их глазах, глядящих на меня, светилось тундровое любопытство соболят, глядящих на большого неведомого зверя. Когда я попросил воспитательницу вывести детей во двор, чтобы всех их вместе сфотографировать, она закудахтала, как курица, стала ссылаться на мороз: «Дети могут простудиться, а наш долг — следить за их здоровьем». Но вот она, наконец-то выпустила детей во двор, и они были так счастливы генетически закодированному в их психологии, отобранному у них холоду, и это счастье по моему заметно на нашей общей фотографии.

...Соболя больше не было на льдинах, кружащих в Беринговом проливе — только его следы, словно брошенные в снег ожерелья, продолжали плыть на крошащихся остатках айсбергов — теперь уже отдельно от пушистого автора этих следов...

— Куда же делся соболь? — подумал я вслух.

— А он уже в Штатах, — закричал вертолетчик сквозь шум мотора, не расслышав моего вопроса, но догадавшись о нем.

Бухта Провидения готовилась к празднованию 70-летия Октябрьской Революции. На площади у горсовета, возле которого эскимосская поэтесса Зоя Ненлюмкина на целые четыре часа спокойно оставила на снегу свои чемоданы, плотники сколачивали маленькую деревянную трибуну. Пограничники с автоматами наперевес проводили репетицию завтрашнего парада, маршируя под гром оркестра. У музыкантов были такие напряженно-торжественные лица как будто вся Америка, привстав на цыпочки, слушала их музыку через Берингов пролив. Это был самый первый парад на территории СССР — за десять часов до парада на Красной Площади.

Но праздник я встретил не здесь, а в Сирениках — эскимосско-чукчанском поселке, до которого

reindeer, gray with frost, and dissolved in that sea, a ghost of mankind's childhood. He wasn't wearing a single modern article, not a single modern button, not a single modern thread. But there were threads connecting us, and we looked at each other like animals of the same species but of different periods.

...The sable miraculously scrambled out of the water back on the ice and shook itself. But the water had turned to ice on its sides and made it heavier. Now running was no longer just movement, it was salvation—it was the only way to keep from freezing. Its little heart must have been beating wildly, forcing the blood beneath the fringe of its hoar-frosted fur, melting it with its desperate warmth....

Now, about the Yukagirs—for that relic man might have been a Yukagir, judging by his features. Once they were a mighty tribe. But the tribe gradually weakened and thinned out, primarily because they were so kind. They say that the Yukagirs used to ask an animal's forgiveness before killing it. I recorded one such prayer, told to me by an old woman: "I know that you are as hungry as me, bear. I know that you have children, like me, bear. I know that you want to live, like me, bear. I know that my fire stick is longer than your claws, bear, and that our battle is unfair. Forgive me for all this, bear, and help me to kill you, bear." But the bears and other animals managed to get away during the long prayers of the Yukagir hunters, and the tribe began to die out.

...The sable warmed up running, realized it was saved, and recalled its dead companion, whose leg had been caught in a trap. She would have been proud of him. The sable thought that it would find itself another mate on the other shore, the American shore, and she should bear him a litter of tiny squeaking sables, and it ran even faster, as if it heard the call of an American female sable in the snowy wind. Her mate had been shot by an unsentimental hunter in the eye, so as not to spoil the pelt....

Children of most of the peoples of the North—Chukchi, Eskimos, Kereks, Evens—surrounded me in the boarding school in the old Cossack settlement of Markovo. Markovo is an oasis in the tundra where humpbacked elk wander in forests filled with black currants and where the locals grow their own potatoes. You couldn't think of a better place for a boarding school, but it still reminded me a bit of an orphanage. As soon as the children hear a car outside, they all press their noses against the windows in the hope that it's their parents coming to take them home.

The children were dressed nicely in sweaters, scarves, stretch tights—city clothes—but as they looked at me their eyes glowed with the curiosity of baby sables regarding a large unfamiliar animal. When I asked the teacher if I could take the children outside for a picture, she clucked like a mother hen, concerned about the cold. "The children might catch cold, and our duty is to safeguard their health." But when she finally let them out, the children relished being in their natural element. I think their pleasure is captured in my photograph.

...The sable was gone from the ice floes spinning in the Bering Strait—only its footprints, like pearls flung into the snow, continued to float on the crumbling remnants of icebergs, far from the one who made the prints....

"What could have happened to the sable?" I thought aloud.

"He's in the States!" shouted the pilot over the noise of the engine, not having heard my question, but sensing my concerns. . . .

Bukhta Provideniia was preparing to celebrate the seventieth anniversary of the October Revolution, the Soviet Fourth of July. Near the town hall, where the Eskimo poet Zoya Nenlyumkina

было не так просто добраться. Сначала мы плыли из бухты Провидения на катере, потом пересели на военный вездеход. Вездеход был настолько набит людьми, что напоминал мне мою собственную жизнь, в которой иногда мне для себя самого нет места. Я был стиснут, сдавлен со всех сторон, и воздух мне заменяли чьи-то сконцентрированные дыхания — водочные, луковые, чесночные, табачные, а иногда детские — нежно-молочные. Вездеход превратился в шейкер с коктейлем из человеческой плоти, в задыхающуюся от жары баню, медленно ползущую среди тридцатиградусного мороза, среди заснеженных сопок.

Здесь были и две красивеньких близняшки-эскимоски. прижимавшие к груди свои драгоценности — пластинки с рок-музыкой, лунообразный бюрократ-чукча, к общей зависти воздрузивший на колени мелодично позвякивавший ящик с пивом, трое пьяненьких русских плотника с пилами и топорами, обмотанными тряпьем, юные, только что мобилизованные солдаты, похожие на ошеломленных ангелов, запихнутых в военную форму, специалист по развитию Севера, уткнувшийся в книжку о китайской экономике и все время толкавший меня под бок локтем: «Во дают!», старушка-чукчанка, надевшая на голову оранжевый абажур с кистями, потому что для него не было места, офицерская жена верного вида — с четырьмя детьми, висящими на ней со всех сторон, офицерская жена сомнительно верного вида — с голубыми веками, с накрашенными губами цвета огнетушителя, вдрызг надушенная «шанель» дамасского производства, так что близсидящие плотники стали впадать в алкогольный кайф, и наконец, милиционер, посланный в Сиреники наблюдать за соблюдением трезвости во время праздника революции, а пока что буквально распятый всей этой грудой людей в вездеходе.

Как сказал, кажется, Пабло Неруда: «Чтобы стать человеком первого класса, нужно ехать в вагонах третьего класса.» Но он не ездил на нашем северном вездеходе бухта Провидения — Сиреники, а то бы обязательно воспел этот воплощенный символ демократии.

В местном клубе должен был состояться сначала официальный торжественный доклад, а затем концерт. Я, честно говоря, намеревался избежать доклада и деликатно спросил его автора — совсем еще молодого директора зверосовхоза с браво закрученными усиками дореволюционного русского казака — сколько времени будет продолжаться доклад...

«Да минут пять... — лихо ответил директор — так, что не опоздайте на концерт.»

Я подумал, что он пошутил, но случилось чудо. С пулеметной быстротой директор отметил выдающиеся успехи перестройки, невидимым скальпелем бесстрашно вскрыл недостатки, так что их гной чуть ли не брызнул в глаза слушателей, затем нанес контратакующий удар врагам социализма за рубежом, и произнес здравницу в честь бастиона дружбы народов Советского Соза — зверофермы поселка Сиреники, где хотя и не выполнен план сдачи шкурок, но зато осуществляется нравственная перестройка и, в частности, борьба против алкоголизма, в результате чего светлые горизонты нашего будущего стремительно приближаются. И все это было сказано за 5 минут!

После этого вулканного извержения информации и энтузиазма, молодой директор облегченно вздохнул и через минутную паузу появился на той же сцене в роли хориста самодеятельности, которая ему явно больше нравилась, чем роль официального докладчика.

Демонстрация в Сирениках была уникальной — в ней приняло участие практически все население, включая стариков, детей. Колонна с красными знаменами и цветными воздушными шарами торжественно обошла весь поселок, а по бокам колонны шли исхудавшие ездовые собаки, подвывая маршевой духовой музыке. Вечером в клубе юные эскимосы и чукчи мастерски танцевали рок-н-ролл, и щеки у них были обсыпаны, как где-нибудь в нью-йоркской дискотеке, золотыми и серебряными блестками.

...Советский соболь осторожными шажками подошел к американскому соболю и принюхался — американский соболь был женщиной...

В городе Анадырь есть памятник членам революционного комитета, расстрелянным при белогвардейском перевороте в 1920 году. При перезахоронении расстрелянных в 1969 году, когда ломами и лопатами открыли трупы, пролежавшие в вечной мерзлоте 49 (!) лет, то собравшиеся вздрогнули: лица убитых были обтянуты чудом сохранившейся юношеской кожей, как будто они заснули только вчера и

had calmly left her suitcases in the snow for four hours, carpenters were hammering a small wooden tribunal. Border guards with machine guns were drilling for the next day's parade, marching to the music of their band. The musicians looked so intent and solemn, you would think all of America were on tiptoe, listening to them across the Bering Strait. This was the very first parade on Soviet territory—seven hours before the parade in Red Square.

I celebrated in Sireniki—a Chukchi Eskimo village that was not so easy to reach. First we went by cutter from Bukhta Provideniia, then changed to military jeep. The jeep was so crowded with people that it reminded me of my life, where sometimes there isn't enough room for me. I was jammed, hemmed in from all sides, and my air was replaced with people's breath—vodka, onion, garlic, tobacco, and, occasionally, a child's gently milky breath. The jeep had turned into a cocktail shaker of human flesh, a steamy sauna, slowly crawling through the thirty-below air and snowy hills.

The passengers included two Eskimo beauties clutching their treasures to their chests—rock-and-roll records; a moon-faced Chukchi bureaucrat with a jangling case of beer, the envy of everyone, on his lap; three drunken workmen with saws and axes wrapped in rags; new recruits, who looked like angels shoved into soldiers' uniforms; a specialist in the development of the North, nose buried in a book on Chinese economics, who kept nudging me with his elbow, "Wow!"; an elderly Chukchi woman with a fringed lampshade on her head, because there was no place else to put it; a faithful-looking officer's wife with four children tugging at her; a less-faithful-looking officer's wife with blue eye shadow, fire-extinguisher-red lipstick, and so highly perfumed that the workmen next to her were beginning to get an alcoholic high; and last but not least, a militiaman sent to Sireniki to make sure people stayed sober during the celebrations and, for now, literally crucified by the crowd in the jeep.

I believe it was Pablo Neruda who said, "To become a first-class person, you must travel in third-class railway cars." If he had ever taken the Northern jeep from Bukhta Provideniia to Sireniki, he would have sung the praises of this embodiment of democracy.

The celebration took place at the local club, and the agenda called for an official speech followed by a concert. To tell the truth, I had planned to skip the speech and tactfully had asked its author—the still very young director of the animal sovkhoz, who had a dashingly curled mustache like a prerevolutionary Cossack—how long the speech would last.

"About five minutes," he replied. "So be sure you're not late for the concert."

I thought he was kidding, but a miracle happened. The director, with bulletlike speed, noted the outstanding successes of *perestroika*. With an invisible scalpel he bravely cut open its failures so that their pus practically spurted into the audience. He launched a counterattack against the enemies of socialism abroad, and hailed the bastion of friendship of the peoples of the Soviet Union: the animal sovkhoz in Sireniki, where even though they had not met the quota for pelts, they were busily undergoing moral *perestroika,* in particular a struggle with alcoholism, as a result of which the radiant horizons of our future were rapidly moving closer. And all in five minutes!

After that volcanic eruption of information and enthusiasm, the young director heaved a sigh of relief and a minute later reappeared on stage as a member of the amateur choir, a role he clearly preferred to official speechmaker.

The parade in Sireniki was unique—almost the entire town took part, including the old people and the children. A column of marchers bearing red banners and colorful balloons went around the entire settlement, flanked by skinny sled dogs who howled to the marching band's music.

That night young Eskimos and Chukchis danced to rock music, and their cheeks were sprinkled with silver and gold, as if they were in some New York disco.

. . . With careful steps the Soviet sable approached an American sable and sniffed—it was a female. . . .

There is a monument in the city of Anadyr to the members of the revolutionary committee

вот-вот проснутся. Но чудо продолжалось недолго, и от соприкосновения с воздухом кожа начала морщиться, съеживаться и, наконец, распадаться. Это было, как будто трагически ускоренный переход юности в старость, и затем в смерть...

...Соболь-женщина тоже принюхалась к соболю-мужчине. От него правда пахло многими совсем другими запахами, неизвестными ей, но больше всего от него все-таки пахло соболем...

На Командорских островах мне пришлось наблюдать за любовными играми котиков. Лежбище котиков огорожено деревянным забором, ибо в отличие от моржей они могут сильно рассердиться и напасть на человека, наказывая за бестактное любопытство. Внутрь лежбища, правда, можно продвинуться по деревянной стене, похожей на крепостную. Но котики не дураки и стараются расположиться подальше от этой стены, слишком часто пахнущей не самыми приятными животными-людьми. Есть, правда, один способ пробраться внутрь лежбища — это забраться в огромный деревянный ящик (его называют здесь танк) и передвигаться, таща эту махину на себе. Но это опасно, потому что были случаи, когда котики переворачивали «танки» и забивали ластами, искусывали людей чуть не до смерти.

Не надо на них за это обижаться — ведь люди столько лет истребляют их самым зверским образом, когда бьют детенышей дубинами по головам, так что кричащие выбитые глаза котиков прилипают к фартукам и резиновым сапогам убийц. Не выбрав ни смотровой стены, ни «танка» я выбрал третье — скалистый склон, нависавший над лежбищем, и докарабкался до самого его края, откуда и стал снимать «зуммом».

На песке шли битвы котиков за право любить. Кокетничающие самки были похожи на мокрые сверкающие вопросительные знаки — кто победит? Только что бесстрашные и безжалостные в схватке с соперниками самцы вдруг становились застенчивыми ухаживателями, неловко тыкаясь вздрагивающими от страсти солеными усами в черные кнопочные носы дам сердца. Жестоким было отношение к одиноким, постаревшим котикам, бывшим дон-жуанам океана. Когда они подползали, чтобы бочком втереться в чужие любовные игры, их беспощадно вышвыривали из невидимого круга любви и наслаждений, заслуженно мстя за то, что когда-то и они были жестокими к таким старикам, какими сами стали сейчас.

Страшным было то, что в любовных метаниях по песку, обданному морской пеной, спермой и кровью, взрослые котики иногда, не замечая того, давили насмерть своих детишек. Таких малышей-котиков, нечаянно убитых сексуальными забавами своих родителей, здесь называют «давлёныши». Какое страшное и точное слово, и для наших детей, которых мы тоже нечаянно раздавливаем при так называемых «порывах души», разбивающих наши семьи...

Но самое впечатляющее было даже не в созерцании котиков, а в их слушании. Их голоса, нежно-мурлыкающие, бормочущие, признающиеся в любви, хрипящие от разгорающейся страсти, утоленно вздыхающие после осуществленного желания, поварчивающие на подруг, негодующие на соперников, зовущие в бой, трубящие победу, сливались вместе с гомеровским ритмом волн, с шипением кружевной пены по гальке в неповторимую симфонию начала мира.

...Русский соболь и его американская пушистая леди кувыркались в снегу, счастливо визжа, словно дети, и сибирские снежинки с его шкуры пересаживались на ее мех, искрящийся от радости неодиночества...

На Командорах метала икру семга, платя ценой жизни за каждую красную икринку, в которой, как в маленьком фонарике, прятался потомок. Берега были усеяны мертвыми рыбами — еще алыми, и постепенно тускнеющими — от бледнорозового до тускло свинцового цвета. Но на фоне этого кладбища шла сумасшедшая пляска жизни. Полчища семг, изнывающих от беременности икрой, рвались наперекор течению из Саранского озера в крохотную речушку, которая не могла вместить их всех. Семга проволакивалась животом по камням, проползала по песку, перепрыгивала препятствия.

executed during the White Guards' takeover in 1920. When they were reburied in 1969, the pickaxes and shovels revealed bodies that had lain in permafrost for forty-nine years. The skin on their faces had miraculously survived, retaining the freshness of youth, as if they had fallen asleep the night before and were just waking up. But the miracle did not last long, and contact with the air made the skin shrivel, wrinkle, and decay. It was a tragically accelerated transition from youth to old age to death. . . .

   . . . *The female sable also sniffed the male. He had many smells about him that she had never known, but, most of all, he smelled of sable. . . .*

On the Komandor Islands I came to observe the love games of sea lions. Their rookery is bounded by a wooden fence because, as opposed to walruses, they can get very angry and attack a human who shows tactless prurient interest. Of course, you can move around inside the rookery along a wall that resembles a fortress wall. But the sea lions are no fools and try to stay as far away as possible from the wall that reeks of the not-very-pleasant animals—humans. There is a way of getting inside—you climb into a huge wooden crate (called a tank) and move along, lugging the crate on your back. But it is dangerous, and there have been cases of the sea lions turning the tanks over and biting and beating the occupants with their flippers, almost killing them.

We should not be offended. After all, humans have been killing sea lions and seals for years in the most savage way, clubbing the babies to death. I decided against both the observation wall and the tank. I chose a third way—a precipitous cliff that overlooked the rookery. I scrambled to its edge and took pictures with my zoom lens.

Males were fighting each other in the sand for the right to love. The flirtatious females looked like wet shimmering question marks—who will win? The males, just recently fearless and ruthless with their rivals, suddenly turned shy and respectful, awkwardly poking their salty mustaches quivering with desire at the black button noses of their sweethearts.

The attitude toward the lone, old bulls, the former Don Juans of the ocean, was cruel. When they crawled over to push their way into someone else's lovemaking, they were harshly expelled from the invisible circle of love and pleasure, just desserts for the way they had treated the old bulls when they were in their prime.

In their sexual thrashing on the sand, covered with sea foam, sperm, and blood, the adults sometimes did not notice that they were crushing their calves to death. These little creatures killed by their parents' mating are called "crushlings" here. What a horrible and accurate word for our children, too, who sometimes are the victims of the unruly drives that can destroy our families. . . .

The most impressive part was not in watching the sea lions, but in listening to them. Their voices—tenderly purring, muttering sounds of love, rasping in growing passion, sighing in satisfaction afterward, grumbling at mates, angry with rivals, calling others into battle, trumpeting victory—blended with the pounding of the surf and the hiss of the lacy foam on the gravel into a symphony of the beginning of the world. . . .

   . . . *The Russian sable and his sleek American lady tumbled in the snow, squealing like children, and the Siberian snowflakes from his pelt moved onto hers, sparkling with the joy of not being alone. . . .*

Red salmon were spawning in the Komandors, paying with their lives for the roe, a descendant hidden in each egg as if in a tiny lantern. The shores were scattered with dead fish—still red, but gradually turning dull, from pale pink to lead. Against the background of this cemetery, life danced wildly. Battalions of salmon, bursting with roe, were rushing upstream from Lake Saran into a tiny river that could not hold them all. The salmon dragged their bellies against rocks, crawled along the sand, jumped over obstacles.

Шофер нашего вездехода поймал одну семгу голыми руками, безжалостно сжал ее, и из ее брюха прямо в его подставленную ладонь ударила красная струя икры.

А все озеро вздыбленно горбилось плавниками других семг, ожидающих возможности прорыва. Я прямо в кедах пробежал в воду к наибольшим скоплениям семг, и стал снимать. Вода вокруг моих постепенно коченеющих ног буквально кипела от семг, похожих на алые раскаленные отливки металла, которые кидают в воду, чтобы остудить.

Старожилы говорили, что мне здорово повезло для съемки — ибо обычно во время семужного нереста идет непроглядная морось, а тут хоть иногда, да выглядывало солнце.

Я бросил монетку в Саранское озеро, чтобы вернуться — эта монетка была моей медной икринкой.

... Русский соболь, усталый от любви, потерся о свою американскую подругу и инстинктом почувствовал, что их будущий ребенок в ней...

На одной из фотографий вы увидите стрекозу, присевшую на кисть руки человека с веслом. Это моя рука. Я не только родился в Сибири, но и рождался в ней столько раз, сколько возвращался.

Вместе с моими друзьями-геологами, журналистами мы прошли на лодках, катамаранах, карбасах 5 сибирских рек: Лену, Вилюй, Алдан, Селенгу, Витим.

Однажды мы сели на камень посреди бурлящего, как кипяток, Витима, и торчали на этом камне всю ночь. Наше судынышко трещало по швам и грозило развалиться каждую секунду. Мы выпили, включили радио, и услышали, что именно в эти мгновения «Аполло» сел на луну. Мы глядели с разваливающегося суденышка, сидящего на камне, в распростертый над сибирский тайгой звездный космос, и Млечный Путь казался нам небесной Эльбой, с которой американцы, как во время войны с фашизмом, снова протягивают нам братскую руку.

Ранним утром самый мощный из нас геофизик Валерий Черных (146 кг чистого века) все-таки сумел с веревкой в руках дойти до берега по пояс в воде, страшным напором сбивающей с ног. Затем он привязал эту веревку к стволу сосны, и, держась за веревку, сошли все мы, стащили наш «Чалдон» с проклятого камня. Так «Аполло» когда-то помог нашему «Чалдону», сам того не зная...

... Русскому соболю не то, что не понравилась Америка — но все-таки слишком много было здесь неизвестных ему запахов, слишком много незнакомых троп, и слишком много капканов с неизвестными системами. Дома — даже капканы, они ненавидимые, но родные, то есть одновременно и более страшные, и менее страшные...

Начав свое плавание по Селенге на монгольской территории и приблизившись к советской границе, мы вежливо позвонили нашим пограничникам. Они безмерно обрадовались нашему приезду, сказали, что встретят нас на границе, устроят шашлыки на берегу, а затем вечер поэзии для гарнизона. Наши лодки, словно почуяв запах обещанных шашлыков, пошли вперед гораздо вдохновенней, что-то подозрительно долго не было видно никаких пограничников с букетами лесных цветов в дулах автоматов. Наконец, наш капитан, вытащив карту, установил, что мы углубились в территорию Советского Союза, примерно километров на 40. Тогда мы повернули против течения и сами начали разыскивать наших мужественных пограничников. Шашлыки, правда, пришлось снова подогревать, но вечер поэзии для гарнизона прошел вполне хорошо.

Рассказывая нам о местных достопримечательностях, пограничный офицер сказал:

— А у нас живет ветеран войны, у которого есть личное письмо Сталина.

Мы позволили себе не поверить. Тогда офицер подвез нас к избе, где над глухими тесовыми воротами висел застекленный портрет Сталина. Этого я не видел ни в одной сибирской деревне.

Из ворот нехотя вышел пожилой инвалид войны,

— А у вас действительно есть личное письмо Сталина? — полюбопытствовал я, стараясь придать моему голосу оттенок самого нейтрального полуравнодушного интереса.

— Есть, — ответил хозяин. — Благодарность за взятие Орла. Там мое имя, отчество, фамилия —

The driver of our jeep picked up a salmon in his bare hands and squeezed ruthlessly. A red stream of roe gushed right into his outstretched hand.

The whole lake was being whipped up by the fins of other salmon, waiting their turn to break out. I ran into the water in my sneakers to the biggest concentration of fish and began taking pictures. The water around my stiffening feet seethed with fish, which looked like red-hot pig iron thrown into the water to cool off.

Old-timers told me I was lucky with the weather—it's usually rainy when salmon spawn, and today the sun showed through the clouds now and then.

I threw a coin into Lake Saran, so that I would return. That copper coin was my red egg.

. . .The Russian sable, tired after mating, rubbed against his American love, and his instinct told him their child was within her. . . .

In one of the photographs you will see a dragonfly resting on the hand of a man holding an oar. That's my hand. I was not only born in Siberia, but I was re-born there each time I returned.

With my geologist and journalist friends, I have traveled five Siberian rivers—the Lena, Vilui, Aldan, Selenga, and Vitim—by motorboat, catamaran, and flat-bottomed *karbass*.

Once we ran aground on a rock in the middle of the Vitim, which was foaming like boiling water, and we were stuck there all night. Our little vessel creaked along the seams and threatened to fall apart every second. We drank, turned on the radio, and learned that Apollo had just landed on the moon. We sat in our falling-apart boat on a rock and stared into the starry cosmos above the Siberian taiga, and the Milky Way was like a heavenly Elba River across which the Americans, as they had during World War II, were offering us a fraternal hand.

In the early morning, the strongest man among us, the geophysicist Valerii Chernykh (146 kilograms soaking wet), managed to carry a rope to shore in waist-deep water that kept sweeping him off his feet. He tied the rope to a tree trunk and the rest of us came ashore holding on to the rope. Then we dragged our boat, the *Chaldon,* from the damned rock. So the Apollo, by keeping our spirits up, helped out the *Chaldon* back then without even knowing it. . . .

. . .It wasn't that the Russian sable didn't like America, but there were too many unfamiliar smells, too many unfamiliar paths, and too many traps with unfamiliar systems. At home, even though the traps were hateful, they were his own. That is, at the same time, more horrible and less horrible. . . .

We started our river trip along the Selenga in Mongolian territory and as we approached the Soviet border we politely radioed our border guards. They were very happy to have us and promised to meet us at the border, where they would grill shashlik on the shore for us and then hold a poetry reading for the garrison. Our boats, as if smelling the promised barbecue, surged ahead with inspiration, but a suspiciously long time passed without the sight of border guards with flowers in the muzzles of their rifles. At last our captain pulled out a map and determined that we were about forty kilometers inside Soviet territory. We turned back, against the current, and began looking for our courageous border patrol. The meat had to be reheated, but the poetry reading went very well.

Listing the local sights, an officer told us, "We have a war veteran here who has a personal letter from Stalin."

We permitted ourselves to express doubt. Then the officer took us to a hut with a glass-covered portrait of Stalin over the log gate. I have never seen anything like that anywhere in Siberia.

An elderly war veteran came out of the gate reluctantly.

"You really have a personal letter from Stalin?" I asked, trying to give my voice a neutral, semi-indifferent interest.

"I do," replied the man. "In gratitude for taking Orel. It's got my name, patronymic, and

все точнехонько указано. Вот какой он был Сталин — всех солдат по именам знал. Уважительный человек — личную подпись собственноручно поставил.

Инвалид вынес и показал свою семейную рекликвию. Он сам себя обманывал, этот инвалид. Подпись Сталина была всего-навсего факсимильным клише. Я не стал разочаровывать этого старого человека и говорить ему правду — эта правда уже не помогла бы ему...

...Русский соболь попрощался со своей американской подругой без обоюдного скуления. Она и сама понимала, что если он не уйдет от нее, попрощавшись, то рано или поздно уйдет, не попрощавшись — настолько он тосковал по той, другой земле, где он родился. Уйти с ним она не хотела — потому что земля, родная для него, могла оказаться для нее пугающе чужой. А она не имела права рисковать тем семенем природы, которое уже начинало прорастать внутри нее...

Я уже говорил о том, как я ненавижу границы. Но еще более мне ненавистны тюрьмы. Пожалуй, так, как тюрьмы ненавидят сибирики, их не ненавидит никто. Красавицу-Сибирь, насилуя ее, делали тюрьмой народов. Одним из самых счастливых впечатлений моей юности был день, когда молодежь, приехавшая на строительство в Сибирь после смерти Сталина, разламывала бульдозерами проволочные заграждения вокруг бывших лагерей.

Но однажды, на моей родине — станция Зима — я упросил, чтобы мне показали изнутри жизнь лагеря строгого режима. Это был лагерь, где находились самые опасные преступники, иногда совершившие по нескольку убийств. Каждый из них, правда, мне говорил, что он не виновен, оклеветан и просил похлопотать. Страшно, если невиновен здесь был хотя бы один из ста, а ведь это возможно даже не по злому умыслу, а по простой судебной ошибке.

Но было страшным и другое — художественная выставка заключенных поразила меня тем, как многие из них талантливы. В одном из коридоров я увидел огромное настенное панно с портретом, может быть, самого любимого русским народом поэта — Сергея Есенина, повесившегося в 1930 году и осужденного за слабоволие Маяковским так: «В этой жизни помереть нетрудно, сделать жизнь значительно трудней». Маяковский вскоре застрелился и сам. Стихи Маяковского были ответом на 8 предсмертных есенинских строк, написанных кровью:

> До свиданья, друг мой, до свиданья.
> Милый мой, ты у меня в груди.
> Предназначенное расставанье
> Обещает встречу впереди.
>
> До свиданья, друг мой, ни руки, ни слова.
> Не грусти и не печаль бровей.
> В этой жизни умереть не ново,
> Но и жить, конечно, не новей.

...Соболю повезло. Добираясь домой по льдинам, которых становилось все меньше и меньше, он ухитрился ночью украдкой впрыгнуть на борт рыбачьего мотобота и теперь потихоньку ютился там за ведром с посоленной рыбой, и снова слушал как говорят не на аляскинском эскимосском, а на чукотском эскимосском, вместо английских слов вставляя в разговор русские слова...

Фотографии для этой книги делали я и Бойд Нортон, так тонко чувствующий природу, как будто его камера — визуальной орган природы. Но самые главные для меня пейзажи — это человеческие лица. Ни один рассвет, ни один закат не может быть так прекрасен, как человеческое лицо. Ни один нужник, ни

surname—all exactly correct. That's the way Stalin was—he knew all his soldiers by name. He was a respectful man. He signed it personally."

The man brought out his relic and showed it to me. He had been fooling himself, of course. Stalin's signature was rubber-stamped. I didn't bother to disillusion the old man with the truth—the truth would not help him. . . .

. . . The Russian sable said goodbye to his American girlfriend without much whimpering from either of them. She knew that if he did not leave with a farewell, sooner or later he would leave without one—that's how much he missed the other side, where he was born. She did not want to go with him because the land that was home to him might turn out to be frighteningly alien to her. And she did not have the right to endanger nature's seed growing inside her. . . .

I have often spoken of how much I hate borders. But I hate prisons even more. I don't think anyone hates prisons the way Siberians do. Beautiful Siberia was raped to turn it into a prison for all peoples. One of the happiest memories of my youth was the day when young people who had come to Siberia to work on construction sites after Stalin's death bulldozed the barbed-wire fortifications around former camps.

Once, in my hometown of Zima Junction, I asked for permission to see the inside of a strict-regimen camp. It was a prison for the most dangerous criminals, some of whom had committed several murders. Every one of them, however, told me that he was innocent, slandered, and asked me to help. It's a horrible thought if even one in a hundred men there was innocent, and that's possible through a miscarriage of justice and not even out of malicious intent.

Something else shook me up there, too. I was astonished by the amount of talent in the camp. There was an art show by the inmates. In one of the halls I saw a huge mural with a portrait of, arguably, Russia's favorite poet, Sergei Esenin, who hanged himself in 1930. Mayakovsky had once criticized him for weakness this way: "It's not hard to die in this life; making something of your life is significantly harder." Mayakovsky shot himself not long after. His line of poetry was a response to Esenin's eight lines below, written in blood:

> Farewell, my friend, farewell.
> My dear, you are in my breast.
> The coming separation
> Promises a meeting.
>
> Farewell, my friend, not a hand, not a word.
> Neither grief nor sadness of your brows.
> Dying in this life is not new,
> But living, of course, is no newer.

. . . The sable was lucky. In getting home over the floes, which were getting smaller and smaller, he managed one night to sneak aboard a fishing motorboat and hide behind a bucket of salted fish, listening to Chukotka Eskimo instead of Alaskan Eskimo, which was sprinkled with Russian words instead of English ones. . . .

Boyd Norton and I share the picture credits in this book. He had such a subtle feel for nature that his camera seems to be the visual organ of Mother Nature. I love nature, too, of course, but the most important landscapes for me are human faces. No dawn or sunset can be as beautiful as

одна выгребная яма, ни один террариум с ядовитыми змеями не может быть так страшен, так отвратителен, как человеческое лицо.

В этой книге есть лица людей, которые меня воспитали, лица, без которых у меня нет лица. Это моя любимая тетя Женя — зиминская аптекарша. Это именно она была моей второй матерью во время войны, и когда моя суровая бабушка бивала меня под горячую руку сырым поленом или ухватом и хотела сжечь мои стихи, тетя Женя всегда меня защищала. Тетя Женя — вдова моего дяди Андрея, шофера сибирского грузовика, человека редчайшего самородного таланта.

Когда Джон Стейнбек был у меня в гостях, то вдруг раздался неожиданный звонок в дверь, и возник мой непредвиденный дядя Андрей, отправлявшийся в отпуск на юг с фанерным чемоданом, перевязанным веревкой. Стейнбек, как настоящий писатель, мгновенно забыл обо мне и сконцентрировался на дяде — ибо встреча сибирского шофера и американского писателя, к сожалению все еще редкий случай...

Стейнбек немедленно спросил моего дядю, читал ли он его книги. К моему удивлению, дядя ответил, что еще до войны читал «Гроздья гнева», но если ему не изменяет память, у Стейнбека на портрете тогда были только усы, но еще не было бороды. Стейнбеку этого показалось мало. Он потребовал пересказать содержание. Дядя к моему, еще большему удивлению, пересказал. Когда Стейнбек спросил дядю — кто его самый любимый писатель на свете, дядя совершенно огорошил меня, назвав Мигеля де Унамуно. После этого Стейнбек прослезился, потому что он хорошо, оказывается, знал Унамуно и любил его.

Когда моего дядю Андрея хоронили, то пять минут все автомашины на станции Зима гудели, соединясь в шоферский реквием.

Тятя Кланя — бабушка мужа внучки тети Жени, сторожиха в школе.

Тетя Галя — дочь тети Клани, мать мужа внучки тети Жени. Детский врач педиатр.

Эльвира — дочь тети Жени, работник райкома партии.

Коля — сын тети Жени, электронный инженер.

Вова — муж внучки тети Жени, инженер.

Все это мои родственники — или мои корни, или мои ветки. Корней своих обрубать я не собираюсь, иначе ветви засохнут.

Корни человека должны быть как можно более глубоко в родной земле, только тогда он обнимет своими ветвями небо.

К неродственным родственницам моим, тоже воспитавшим меня, я отношу все те восемнадцать потретов сибирских старух, которые я сделал во время съемок фильма о моем сибирском детстве, названном мной «Детский сад», ибо война была жестоким детским садом моего поколения.

Всего на пару часов я познакомился с хранителем Долины Гейзеров на Камчатке, который провел меня, как Вергилий, среди опасно побулькивающего кипятка, брызжущего из центра земли, кипятка, в котором свариваются многие неосторожные туристы. Но хранитель запомнился мне навсегда своей преданностью природе. Такие люди и есть вочеловеченная природа, защищающая самое себя.

Два чудных парня — строители дорог, которые ввалились ко мне в гостиницу над Селенгой, содрали свои рубашки и потребовали, чтобы я их сфотографировал со всей живописью на груди.

— Пускай нас вся Америка теперь увидит! — громогласно заявил один из них. Ну что ж, выполняю его пожелание.

Хотел я поснимать портреты камчатских женщин, работающих на поле. Они согласились с одним условием — что я сначала почитаю им стихи. Пришли усталые с картофельного поля, вертя в руках застенчивые цветочки — все-таки поэт приехал, бабий защитник, как всегда на Руси водилось. Сели на фанерные ящики и стали так слушать, что все стихи были гораздо меньшей поэзией, чем это слушание. Невозможно было и декламировать стихи, и фотографировать своих слушательниц в то же самое время. Но я после чтения стихов попросил их, выражаясь кинорежиссерским жаргоном, «сохранить состояние», и они поняли задачу, и мастерски помогли мне сделать их портреты.

...Соболь так же тихо и ловко, как впрыгнул сюда, выпрыгнут из мотобота, когда тот толкнулся о советский причал и шмыгнул между связками канатов, бочек с мазутом, вырываясь к родному, белому, незаслеженному.

Но, пробегая мимо кладбища китов, соболь снова замер на своем крохотном пьедестальчике — на позвонке кита, глядя через узенькую полоску пролива между двумя мирами, и вдруг его снова потянуло туда, через пролив, хотя для этого ему придется снова долго прыгать между ненадежными, опасно раскалывающимися льдинами...

a face. No outhouse, no pit of vipers can be as horrible, as disgusting, as a face.

This book has the faces of people who brought me up, faces without which I would have no face. My beloved Aunt Zhenya is the druggist in Zima. She was my second mother during the war, and whenever my strict grandmother would smack me angrily with a switch or a fist and threatened to burn my poems, it was Aunt Zhenya who defended me. She was the widow of my Uncle Andrei, a Siberian truck driver, a man of rare natural talent.

Once when John Steinbeck was visiting me in Moscow, there was an unexpected knock at the door, and Uncle Andrei appeared, on his way south for a vacation with a plywood suitcase secured with ropes. Steinbeck, like a real writer, instantly forgot about me and concentrated on my uncle—for meetings between a Siberian truck driver and an American writer are still rare, unfortunately.

He asked my uncle if he had read his books. To my surprise, Uncle Andrei replied that he had read *The Grapes of Wrath* before the war, but it seemed to him that in the author's photo Steinbeck had a mustache but no beard. Steinbeck did not think this was enough. He demanded a plot synopsis. To my greater surprise, my uncle supplied it. Then Steinbeck asked him to name his favorite writer in the world. And my uncle floored me by naming Miguel de Unamuno. Steinbeck shed a tear, because it turned out that he had known Unamuno well and had loved him.

After Uncle Andrei's funeral, all the cars in Zima Junction sounded their horns for five minutes, united in a drivers' requiem.

Aunt Klanya is the grandmother of the husband of Aunt Zhenya's granddaughter, Irina. She is the school watchwoman.

Aunt Galya is Aunt Klanya's daughter, the mother of Aunt Zhenya's granddaughter's husband. She is a pediatrician.

Elvira is Aunt Klanya's daughter. She works in the Party's regional committee.

Kolya is Aunt Zhenya's son, an electronics engineer.

Vova is Aunt Zhenya's granddaughter's husband, an engineer.

They are all my relatives, or my roots, or my branches. I will not chop off my roots, because then the branches will die.

A man's roots should be as deep as possible in his native soil, for only then can he embrace the sky with his branches.

My unrelated relatives who also brought me up are represented by the eighteen portraits of old Siberian women that I took during the filming of *Kindergarten*, the story of my Siberian childhood. The war was a harsh kindergarten for my generation.

I spent only a couple of hours with the conservator of Geyser Valley on Kamchatka. He led me, like Virgil, through the dangerously bubbling waters spewing from the center of the earth, which had scalded many a careless tourist. But I will remember him always for his devotion to nature. People like him are the personification of nature defending itself.

There were two marvelous men, road builders, who burst into my hotel room on the Selenga River, pulled off their shirts, and demanded that I photograph the artwork on their chests.

"Let all of America see us now!" one of them proclaimed. Well, I bow to their wishes.

I had wanted to photograph the Kamchatka women working in the fields. They agreed on one condition—that I first read my poetry to them. They came weary from the potato fields, bashful, flowers in their hands—after all, I was a visiting poet, defender of women, as Russian tradition demands. They sat on plywood crates and listened in a way that contained more poetry than all my poems. It was impossible to both read poetry and photograph my listeners. When I finished I asked them to "hold the mood," as movie directors put it, and they understood, and helped me take their pictures.

. . .Just as quietly and stealthily as he had gotten abroad, the sable jumped from the motorboat as it docked on Soviet soil and whizzed between the hawsers and barrels of oil, rushing toward his native, white, untracked haunts.

But as it ran past the whale cemetery, the sable stopped on its tiny pedestal—whale vertebra—and stared at the narrow strip of water between the two worlds. Suddenly it was drawn once more across the strait, even though that would mean a lot of leaping among the slippery and dangerously deteriorating ice floes. . . .

SIBERIA *(left):* Chukchi reindeer herder.

ALASKA *(above):* Teddy, a grizzly bear, and her first cub, McNeil Cove, Kamishak Bay.

СИБИРЬ *(слева):* Пастух северных оленей.

АЛЯСКА *(псверху):* Серая медведица Тэди и ее первенец, Макнеёл Коув, Камишак Бей.

ALASKA *(above):* Yukon River, in the Yukon-Charley Rivers National Preserve.

АЛЯСКА *(наверху):* Река Юкон, в национальном заповеднике Юкон-Чарли Ривер.

SIBERIA *(above):* The high peaks of the Kamchatka Mountains.

ALASKA *(right):* Unnamed peaks and glaciers, Lake Clark Pass, Chigmit Mountains.

СИБИРЬ *(наверху):* Вершины Камчатских гор.

АЛЯСКА *(справа):* Безымянные вершины и ледники, Лейк Кларк Пэсс, горы Чигмит.

ALASKA *(left)*: Mike Mc-Bride, owner of Kachemak Bay Wilderness Lodge, on the shore of the bay, Kenai Peninsula.

SIBERIA *(above)*: Alaskan singer Tom Koester on the shore of the Angara River in Irkutsk.

ALASKA *(following pages)*: Chuck and Sarah Hornberger's Koksetna Camp, Lake Clark.

АЛЯСКА *(слева)*: Майк Мак-Брайд, владелец гостиницы в Качемак Бей, на берегу залива, Кенайский полуостров.

СИБИРЬ *(наверху)*: Певец из Аляски Том Коестер на берегу реки Ангара в Иркутске.

АЛЯСКА *(следующие страницы)*: Чак и Сара Хорнбергер в своем лагере Коксетна, озеро Кларк.

Horses in summer fields near the Selenga River.

лошадиной ферме возле реки Селенга.

SIBERIA *(above):* Storm clouds over Lake Baikal.

ALASKA *(right):* Dusk, Lake Clark, Lake Clark National Park.

СИБИРЬ *(наверху):* Грозовые тучи над озером Байкал.

АЛЯСКА *(справа):* Сумерки, озеро Кларк, национальный парк озера Кларк.

ALASKA *(below):* De Havilland Beaver, a venerable bush plane, making a turn in Lake Clark Pass, Chigmit Mountains.

SIBERIA *(right):* Helicoptering over a thermal valley in Kamchatka.

АЛЯСКА *(внизу):* Допотопный одномоторный самолет поворачивает в Лейк Кларк Пэсс, горы Чигмит.

СИБИРЬ *(справа):* На вертолете над долиной гейзеров на Камчатке.

ALASKA *(left and above):* Aialik Glacier, Kenai Fjords National Park.

ALASKA *(right):* Unnamed peaks and glaciers, Lake Clark Pass, Lake Clark National Park, Chigmit Mountains.

АЛЯСКА *(слева и наверху):* Ледник Айэлик, национальный парк Кенайских Фиордов.

АЛЯСКА *(справа):* Безымянные вершины и ледники, Лейк Кларк Пэсс, национальный парк озера Кларк, горы Чигмит.

ALASKA *(above):* Upper Yetna River, Denali National Park.

АЛЯСКА *(наверху):* Верховье реки Этна, Кенайский национальный парк.

ALASKA *(left):* Grave near Ninilchik, Kenai Peninsula.

ALASKA *(below):* Lush green tundra in June at Chenik Head, Kamishak Bay.

SIBERIA *(right):* Grazing field in spring, Kamchatka.

АЛЯСКА *(слева):* Могила возле Нинильчика, Кенайский полуостров.

АЛЯСКА *(внизу):* Буйная зеленая растительность тундры в Ченик Хед, Камишак Бей.

СИБИРЬ *(справа):* Пастбище весной, Камчатка.

SIBERIA *(above):* "I Love You" written in the sand, Komandor Islands.

SIBERIA *(right):* Happy sailor, Kamchatka.

СИБИРЬ *(наверху):* «Я люблю тебя» — надпись на песке, Командорские острова.

СИБИРЬ *(справа):* Счастливый матрос, Камчатка.

SIBERIA *(above):* Shores of the Bering Sea, Kamchatka.

СИБИРЬ *(наверху):* Берега Берингового моря, Камчатка.

Безаварийный капитан

Ласкает Лена бережок
степенно,
    миссисиписто,
и капитанов бережет:
песок из них не сыплется.
Они в наставники идут, к салагам не насмешливые,
и разговорчики ведут,
как Лена,
    непоспешливые,
«Ты сколь годов отплавал,
       дед?
«Полста,
   и вроде не во вред.»
«А сколь аварий?»
      «Ни одной.
Я не тону,
   как водяной.»
В шторма и качки наших лет
безаварийность
     раритет.
Ну и везунчик с бородой!
По части дышла —
     молодой,
он и на праздник может в пляс,
и на груди —
    орденостас,
и хоть он был Степан Степаныч,
прозвали так —
    Сверхплан Сверхпланыч.
Но почему,
Но почему,
   когда ты пьян,
безаварийный капитан,
ты врешь так иступленно,
     как будто «бич» с лосьона?
А хочешь —
   что-то подскажу:
в тридцать седьмом ты вел баржу
по Лене,
   будто по ножу,
а в трюме были зеки.

The Accidentless Captain

The Lena caresses the shore
with restraint,
          Mississippi-like
and protects the captains:
It doesn't knock the sand out of them.
They become teachers,
and don't mock new salts,
and chat,
like the Lena,
        leisurely.
"How many years have you sailed,
                gramps?"
"Fifty,
     and it seems to have suited me."
"How many accidents?"
              "Not a one.
I don't drown,
        like Neptune."
In the storms and squalls of our years
no accidents
      is a rarity.
What a lucky bearded fellow!
And he looks and feels young,
He'll dance at a party,
and on his chest he wears
          a batch of ribbons,
and they called him
Mr. Superquota.
But why,
     when you are drunk,
accidentless captain,
do you lie wildly?
Do you want me
        to tell?
In 'thirty-seven you piloted
a barge along the Lena,
with prisoners in the hold.
Shouts came from below:
          "Open the hatch!
We can't breathe!
     We're dying!"

Шел снизу крик:
            «Откройте люк!
Дышать нам нечем!
                Всем каюк!
Но в люк с презреньем ткнул каблук:
«Я вас доставлю,
              вражьих сук,
как зернышки в сусеке!»
Трюм после что-то замолчал,
Но капитан не замечал.
Открыли трюм,
            и сам не свой
всю душу выблевал конвой.
Трюм,
       словно пропасть после битв,
был мясом вздувшимся набит.
Безаварийный капитан,
ты столько жизней растоптал.
Ты был почти что не причем,
а стал почти что палачом.
Ты думал, что они —
               враги.
Господь,
        заблудшим помоги!
Был твоим господом лишь план.
Нет господа коварнее.
Безаварийный капитан,
вся жизнь твоя —
              авария.

But you kicked the hatch and said,
"I'll deliver you,

              enemy bitches,

like grains in sacks."
Things grew quiet in the hold
but the captain didn't notice.
When they opened the hold,

                    the sailors got sick.

The hold,

      like a battlefield,

was stuffed with swollen meat.
Accidentless captain,
you trampled so many lives.
You were almost not to blame,
and you became almost a butcher.
You thought that they were enemies.
Lord,

      help the misled!

Your only god was the plan.
There is no god more treacherous.
Accidentless captain,
your whole life was an accident.

SIBERIA *(above):* Tugboat on the Angara River, near Irkutsk.

SIBERIA *(left and opposite):* Ocean voyage between the Komandor Islands and Petropavlovsk-on-Kamchatka.

СИБИРЬ *(наверху):* Буксирное судно на Ангаре, возле Иркутска.

СИБИРЬ *(слева и справа):* Океанский вояж между Командорами и Петропавловском, Камчатка.

ALASKA *(left):* Arctic cotton grass and Mt. Drum, Wrangell–St. Elias National Park.

SIBERIA *(above):* Sunset in the Komandor Islands.

АЛЯСКА *(слева):* Полярная пушица и гора Драм, Рэнгелл-Ст., национальный парк Элиас.

СИБИРЬ *(наверху):* Закат на Командорах.

ALASKA *(above):* North fork of the Koyukuk River at the "gates," in Gates of the Arctic National Park, south slope of the Brooks Range.

АЛЯСКА *(наверху):* Северное развлетвление реки Койюкук у входа в Ворота национального Арктического парка, южный склон горного массива Брукс Рэндж.

SIBERIA *(above and left):* Oka River camping trip.

SIBERIA *(right):* Backpackers, Geyser Valley, Kamchatka.

СИБИРЬ *(наверху и слева):* Туристский поход по Оке.

СИБИРЬ *(справа):* Путешественники, долина Гейзеров, Камчатка.

ALASKA *(above):* Bald eagle, Kachemak Bay, Kenai Peninsula.

SIBERIA *(left):* Thermal mud pot, Geyser Valley, Kamchatka.

SIBERIA *(right):* Geyser Valley, Kamchatka.

АЛЯСКА *(наверху):* Белоголовый орел, Качемак Бей, Кенайский полуостров.

СИБИРЬ *(слева):* Горячий грязевой источник, долина Гейзеров.

СИБИРЬ *(справа):* Долина Гейзеров.

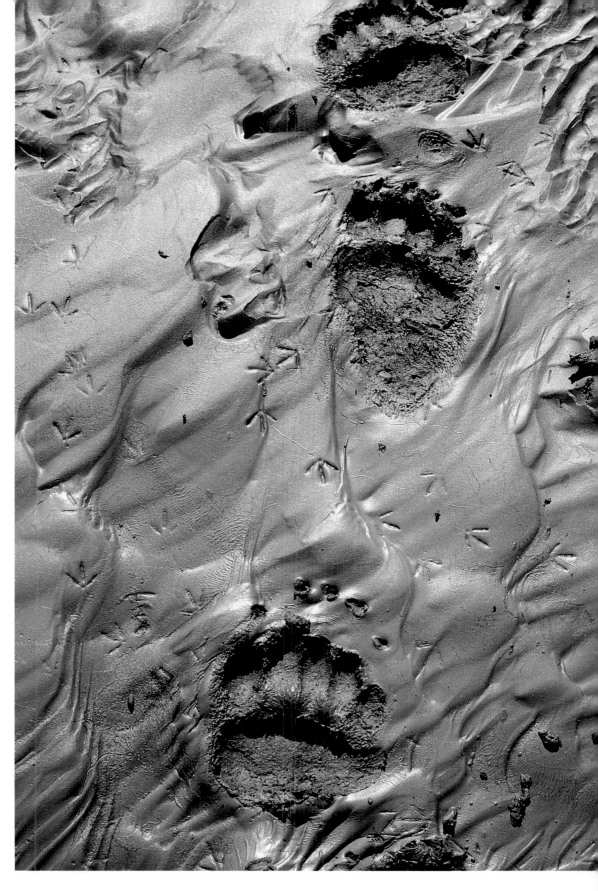

ALASKA (opposite, above): Dall sheep, Gates of the Arctic National Park, north slope of Brooks Range.

ALASKA (opposite, below): Red fox with mouthful of ground squirrels, Denali National Park.

ALASKA (above): Fresh grizzly bear tracks in mud by Kuyuktuvuk Creek, Gates of the Arctic National Park, Brooks Range.

АЛЯСКА (слева, наверху): Бараны Далла, Зорота национального Арктического парка, северный склон горного массива Брукс Рэндж.

АЛЯСКА (слева, внизу): Национальный парк Денали, рыжая лиса с гусликом в зубах тащит добычу домой.

АЛЯСКА (наверху): Свежие медвежьи следы в грязи у Куйуктувук Крик, Ворота национального Арктического парка, горный массив Брукс Рэндж.

ALASKA *(above and opposite):* Young grizzly bear chasing salmon in stream, McNeil River Brown Bear Sanctuary, Kamishak Bay.

АЛЯСКА *(наверху и слева — сверху и снизу):* Молодой серый медведь гоняется за семгой в ручье, заповедник Бурого Медведя у реки Мак Нейл, Камишак Бей.

ALASKA *(opposite):* Chinook salmon, Kenai Peninsula.

SIBERIA *(above):* Salmon spawning on Lake Saran, Komandor Islands.

ALASKA *(right):* Wilderness guide Dale Froman and red salmon, Chenik Lagoon, Kamishak Bay.

АЛЯСКА *(слева):* Чинукская семга, Кенайский полуостров.

СИБИРЬ *(наверху):* Озеро Саран, Командорские острова, нерест семги.

АЛЯСКА *(справа):* Экскурсовод по дикой местности Дейл Фроман с красной семгой в руках, лагуна Ченика, Камишак Бей.

ALASKA *(above):* Duck in flight, Chulitna River, Lake Clark.

АЛЯСКА *(наверху):* Летящая утка, река Чулинга, озеро Кларк.

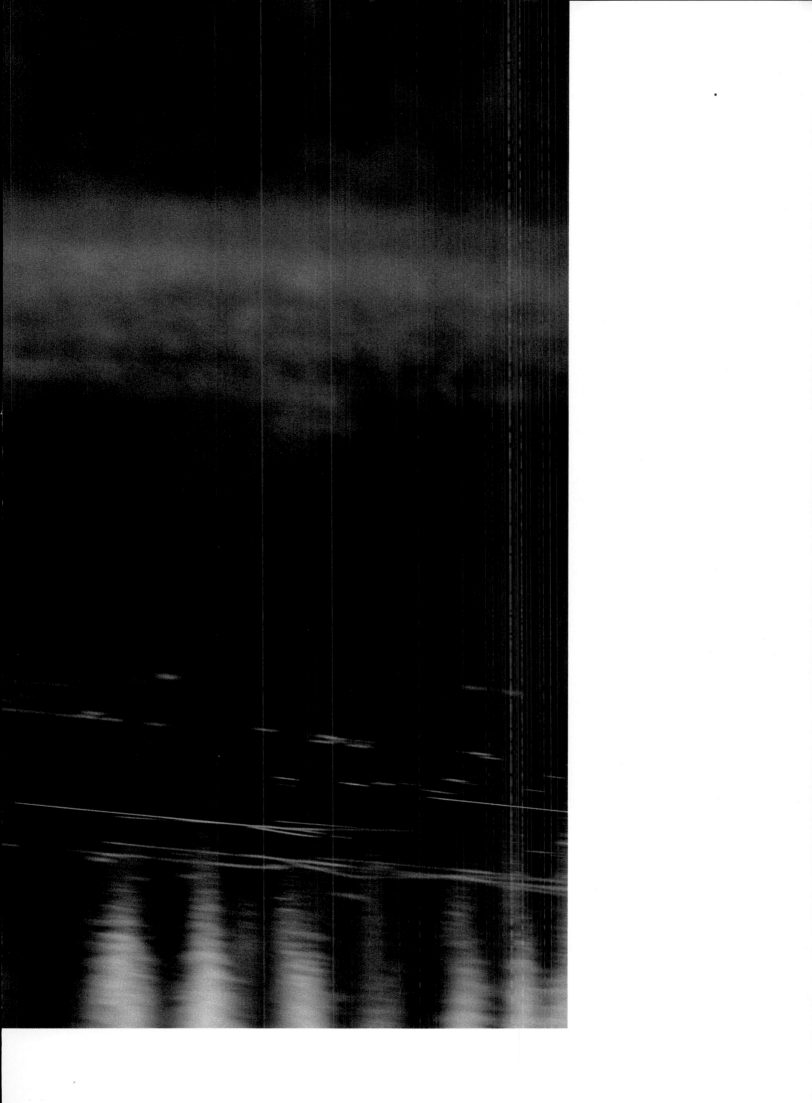

113

ALASKA *(opposite, above):* Road in downtown Iliamna.

SIBERIA *(opposite, below):* Youngster skateboarding near historic old log buildings, Irkutsk.

ALASKA *(above):* Windsurfer, Turnagain Arm, Cook Inlet, near Anchorage.

АЛЯСКА *(слева, наверху):* Дорога, центр города Илиамна

СИБИРЬ *(слева, внизу):* Подросток, катающийся на доске, исторические бревенчатые избы, Иркутск.

АЛЯСКА *(наверху):* Виндсерфер, Турнагейн Арм, Кук Инлет, неподалеку от города Анкораж.

117

SIBERIA *(left, below, and opposite):* Zima Junction schoolchildren.

СИБИРЬ *(слева, внизу и справа):* Школьники со станции Зима.

SIBERIA *(above):* Mother and child, Irkutsk.

ALASKA *(opposite, above):* Bush plane taking on cargo, Homer, Alaska.

ALASKA *(opposite, below):* Diane McBride, owner of Kachemak Bay Wilderness Lodge, piloting a boat.

СИБИРЬ *(наверху):* Мать и ребенок, иркутский автобус.

АЛЯСКА *(справа, сверху):* Одномоторный самолет принимает груз, Хомер, Аляска.

АЛЯСКА *(справа, внизу):* Диана МакБрайд, владелица гостиницы в Качемак Бей, управляет моторной лодкой.

ALASKA *(above):* Town of
Unalaska, Unalaska Island,
Aleutian Islands.

АЛЯСКА *(наверху):* Город
Аналяска, остров Аналяска,
Алеутские острова.

ALASKA *(above):* Russian Orthodox church, Ninilchik, Kenai Peninsula.

ALASKA *(opposite):* Cemetery, Russian Orthodox church, Ninilchik, Kenai Peninsula.

АЛЯСКА *(наверху):* Русская православная церковь, Нинильчик, Кенайский полуостров.

АЛЯСКА *(справа):* Кладбище, русская православная церковь, Нинильчик, Кенайский полуостров.

SIBERIA *(above):* **Russian Orthodox church, Irkutsk.**

ALASKA *(opposite):* **Old Russian Orthodox church, town of Kenai, Kenai Peninsula.**

СИБИРЬ *(наверху):* Иркутск, русская православная церковь.

АЛЯСКА *(справа):* Старая русская православная церковь, г. Кенай, Кенайский полуостров.

Личное письмо Генералиссимуса

Над рекой забайкальской —
                    Селенгой
люди сталинкой не пахнут никакой,
лишь с настырной, ржавой сталинкой
бормочет,
            хилый,
                    старенький
инвалид
        с кедровой, щелистой ногой:
«Распустились,
            разболтались все подряд.
Что спасет Россию?
                Новый Сталинград.
Был бы Сталин жив,
                сидел бы в людях страх,
а без страха всей России будет крах...»
На воротах у него
                орел-орлом
В жестяных цветах могильных под стеклом
смотрит сам генералиссимус
так, что бабы с коромыслами
приглушают легкомысленность при нем.
Над рекой забайкальской —
                    Селенгой
раньше лагерь был,
                режим в нем был строгóй.
И подходит к инвалиду войны
инвалид лагерей,
                но без вины,
Из Москвы приехав кашляюще
на бескладбищное кладбище,
где товарищи его погребены.
Говорит он:
            «Я скажу, вам не в обиду,
от души —
            как инвалид — инвалиду.
Ну зачем вам на воротах нужен тот,
кто людей держал в загонах,
                        словно скот?»
Заобиделся военный инвалид:
«Его памятник в душе моей отлит.
Вождь крутой, а не иной был нужем нам.
Знал зато он всех солдат по именам,
знал по имени-отчеству меня,

A Personal Letter from the Generalissimo

Around the beyond-Baikal river
                    of Selenga
people don't have a whiff of Stalin,
the only one with a stale Stalin
                    muttering,
                              feeble,
is an old war veteran
                    with a cedar peg leg.
"Everyone's gotten loose
                    and wanton.
What will save Russia?
                    Another Stalingrad.
If Stalin were alive,
                    people would know fear,
and without fear Russia will collapse."
On his gate
          like a heroic eagle
in metal graveyard colors under glass
the generalissimo himself
stares so that even the womenfolk
balancing yoked water buckets
stop their idle chatter as they pass.

Around the beyond-Baikal river
                    of Selenga,
there used to be a camp,
                    with harsh regime.
And the war veteran
is approached by a veteran of the camp,
                              an innocent man,
who had come coughing from Moscow
to the noncemetery cemetery
where his comrades were buried.
He said,
          "I'm not trying to insult you,
but from my heart—
                    vet to vet,
why do you need the man who
kept people penned up like cattle
on your gate?"

The war veteran took offense:

и письмо мне сам прислал из Кремля...»
Инвалид войны

         как будто вдруг возвысился,
будто влез на незримый пьедестал:
«Личное письмо генералиссимус
написал

         и лично подписал!»
И к сокровищнице тайной своей
он повел инвалида лагерей.
Он открыл сначала кованый ларь.
В нем ларец был —

         тоже кованый, как встарь,
а в ларце коробка из-под монпансье,
а в коробке —

         то письмо,

            а в том письме
благодарность за сраженье под Орлом,
имя, отчество, фамилия —

         пером
ну а подпись —

         штамповочка,

           клише,
лживо льстящее доверчивой душе.
Как слепа она,

         солдатская искренность!
Вот как предало его оно само
личное письмо генералиссимуса,
личное безличное письмо.
Над автографом фальшивым

         навзрыд
плачет старый военный инвалид,
но по счастью

         инвалиды лагерей
всех военных инвалидов

         чуть мудрей.

"His monument is in my heart.
He was a hard ruler, and that's what we needed.
He knew all his soldiers by name,
he knew my name and patronymic,
and he sent me a letter personally from the Kremlin . . ."
The war veteran
                    suddenly seemed taller,
as if on an invisible pedestal.
"The generalissimo wrote
a personal letter
                    and he signed it personally!"
And he led the veteran of the camp
into his secret lair.
First he opened a locked door.
Inside was a locked safe,
                    an old-fashioned one,
and in that an old candy box,
and in the box—
                    the letter,
                              and in the letter
thanks for the battle near Orel,
the name, patronymic, and surname—
                                   in ink,
and the signature—
                    a stamp,
lying, tricking a trusting soul.
How blind it is,
                    a soldier's sincerity!
How easily it fooled itself
with the generalissimo's personal letter,
the personal impersonal letter.
The old war veteran weeps
                              and sobs
over the fake autograph,
but fortunately, the camp vets
are wiser than all the other vets.

SIBERIA *(opposite):* Siberian
war veteran under portrait
of Stalin, Selenga River.

ALASKA *(right):* George Cal-
vin, who homesteaded in the
Kenai Peninsula in 1962.

ALASKA *(below):* Sauna,
Kachemak Bay Wilderness
Lodge.

СИБИРЬ *(слева):* Сибирский
ветеран войны возле портре-
та Сталина, река Селенга.

АЛЯСКА *(справа):* Джордж
Кальвин, владевший участ-
ком на Кенайском полуост-
рове в 1962 г.

АЛЯСКА *(внизу):* Сауна, гос-
тиница в Качемак Бэй.

SIBERIA *(opposite):* Old woman waiting for train, Zima Junction.

SIBERIA *(above):* Traditional Siberian home near Zima Junction.

СИБИРЬ *(слева):* Старая женщина, ожидающая поезд, станция Зима.

СИБИРЬ *(наверху):* Традиционный сибирский дом возле станции Зима.

SIBERIA *(above and oppo-site):* Siberian babushkas.

СИБИРЬ *(наверху и справа):* Сибирские бабушки.

SIBERIA *(opposite):* Siberian babushkas.

SIBERIA *(above):* Aunt Zhenya, Zima Junction.

СИБИРЬ *(слева):* Сибирские бабушки.

СИБИРЬ *(наверху):* Тетя Женя, станция Зима.

ALASKA *(opposite):* Sarah Hornberger, of Koksetna Camp, and her fabulous garden, Lake Clark.

SIBERIA *(right):* Aeroflot hostess.

SIBERIA *(below):* Kamchatka farmworker at poetry reading.

АЛЯСКА *(слева):* Сара Хорнбергер в лагере Коксетна и ее неописуемый огород, озеро Кларк.

СИБИРЬ *(справа):* Хозяйка Аэрофлота.

СИБИРЬ *(внизу):* Камчатская колхозница на поэтических чтениях.

SIBERIA *(opposite):* Siberian babushkas in their flower garden.

ALASKA *(above):* Margaret and Nelson Gingerich in bar outside Anchorage.

ALASKA *(right):* Bar outside Anchorage.

СИБИРЬ *(слева):* Сибирские бабушки в их цзеточном саду.

АЛЯСКА *(наверху):* Маргарет и Нильсон Гингерич в баре в пригороде Анкоража.

АЛЯСКА *(справа):* Бар в пригороде Анкоража.

SIBERIA *(opposite, above):* Man with tattoos, Chukotka.

SIBERIA *(opposite, below):* Traditional Siberian wooden gates, Irkutsk.

SIBERIA *(above):* Gravediggers, Kamchatka.

СИБИРЬ *(слева, наверху):* Татуированные мужчины, Чукотка.

СИБИРЬ *(слева, внизу):* Традиционные сибирские деревянные ворота, Иркутск.

СИБИРЬ *(наверху):* Могильщики, Камчатка.

SIBERIA *(opposite, above):* Retired pilot, Zima Junction.

SIBERIA *(opposite, below):* Retiree in his wood yard, Selenga River.

SIBERIA *(left, above):* Former prisoner, nicknamed "Stalin's Assassin," Zima Junction.

SIBERIA *(right, above):* War veteran, Oka River.

СИБИРЬ *(слева, наверху):* Летчик в отставке, станция Зима.

СИБИРЬ *(слева, внизу):* Пенсионер в своем деревянном дворике, река Селенга.

СИБИРЬ *(сверху, слева):* Бывший заключенный с кличкой «Убийца Сталина», станция Зима.

СИБИРЬ *(сверху, справа):* Ветеран войны, река Ока.

SIBERIA *(opposite):* Listening to poetry in Kamchatka.

ALASKA *(above):* False hellebore, Chenik Head, Kamishak Bay.

ALASKA *(right):* Guest Susan Gibler and wilderness guides Nellie Fore and Karen Rebar examine tundra flowers, Chenik Brown Bear Camp, Kamishak Bay.

СИБИРЬ *(слева):* Слушая поэзию, Камчатка.

АЛЯСКА *(наверху):* Чемерица, Ченик Хед, Камишак Бей.

АЛЯСКА *(справа):* Гостья Сюзан Гиблер и экскурсоводы по дикой местности Нелли Фор и Кэрен Ребар рассматривают цветы тундры, чениковский лагерь Бурого Медведя, Камишак Бей.

ALASKA *(opposite, above):* Hulk of ship sunk during Japanese raid on Dutch Harbor during World War II, Aleutian Islands.

ALASKA *(opposite, below):* Dutch Harbor, Unalaska Island, Aleutian Islands.

SIBERIA *(above):* Dry dock, Petropavlovsk Harbor, Kamchatka.

SIBERIA *(following pages):* Petropavlovsk Harbor, Kamchatka.

АЛЯСКА *(слева, наверху):* Масса корабля, затонувшего во время японского налета на Дач Харбор во время Второй мировой войны, Алеутские острова.

АЛЯСКА *(слева, внизу):* Дач Харбор, остров Аналяска, Алеутские острова.

СИБИРЬ *(наверху):* Сухой док, Петропавловская гавань, Камчатка.

СИБИРЬ *(следующие страницы):* Петропавловск, Камчатка.

SIBERIA *(above):* Kamchatka fisherman wearing striped shirt of the Soviet Navy.

ALASKA *(left):* Polly Hessing, biologist and wilderness guide, McNeil River Brown Bear Sanctuary.

ALASKA *(opposite):* Augustine Volcano from Chenik Head, Kamishak Bay, three months after major eruption in 1986.

СИБИРЬ *(наверху):* Камчатский рыболов в тельняшке.

АЛЯСКА *(слева):* Полли Хессинг, биолог и экскурсовод по дикой местности, заповедник Бурого Медведя у реки Мак Нейл.

АЛЯСКА *(справа):* Вид на вулкан Августин с Ченик Хед через 3 месяца после массивного извержения в 1986 г., Камишак Бей.

ALASKA *(opposite)*: Immature bald eagle, Unalaska Island, Aleutian Islands.

SIBERIA *(above)*: Bering Island, largest of the Komandor Islands.

ALASKA *(right)*: Larry Aumiller, biologist and manager of McNeil River Brown Bear Sanctuary, Kamishak Bay.

SIBERIA *(following pages)*: Inmates of maximum security prison, Zima Junction.

АЛЯСКА *(слева)*: Молодой белоголовый орел, остров Аналяска, Алеутские острова.

СИБИРЬ *(наверху)*: Остров Беринга, самый большой из Командорских островов.

АЛЯСКА *(справа)*: Ларри Аумиллер, биолог и мэнэджер заповедника Бурсго Медведя МакНейльской реки.

СИБИРЬ *(следующие страницы)*: Заключенные, лагерь строгого режима, станция Зима.

163

А на Командорах

А на Командорах
                    рев любви на лежбище,
такой, что и не хочешь,
                              а захочется любви.
Ластами ластятся
                    котики нежничающие,
или бьются насмерть,
                         вставая на дыбы.
А на Командорах
                    пары полуночников,
и в золотые зубы
                    рыбкооповских дев
прыгает морошка
                    из фуражек пограничников,
от стыда притворного полупокраснев.
А на Командорах
                    без осин подосиновики,
крепенькие,
            свеженькие —
                              без червей,
и глаза у ирисов —
                    подлые,
                              синие
заманивают в топи
                    мазута черней!
И я, словно сивуч,
                    цепляясь, хоть за маленькую
надеждинку выжить,
                         подыхаю ползком,
готовый попасться
                    на любую заманинку —
лишь бы поманили
                    пальчиком,
                              глазком.
Не до побед любовных,
                    а мне бы хоть ничью,
но снова превращается
                         в жестоком озорстве
пальчик поманивший
                         в пятерню охотничью,
которая дрыном
                    бьет по голове.

And on the Komandors

And on the Komandors
                    the roar of love in the rookery
is such, that even if you don't feel like it,
                                        you'll want to make love.
Flippers flipping,
                    sea lions caress,
or kill,
        rearing up.
And on the Komandors
                    midnight couples meet,
and the gold-crowned teeth
                        of fish cannery girls
tingle, picking up vibrations from
                                the border guards' caps
and they blush, faking modesty.
And on the Komandors
                    mushrooms grow without aspens,
sturdy,
        fresh,
            without worms,
and the eyes of irises,
                    treacherous
                            and blue,
lure you into the bogs
                    of black oil.
And like a bull seal,
                    clutching at
a faint hope of survival,
I crawl dying,
            ready to fall
                        for any lure—
as long as I'm beckoned
                    with a finger,
                            or an eye.
I'm not up to conquests,
                    I'd settle for a draw,
but once again,
            viciously
the beckoning finger is transformed
                                into the hunter's fist,
which bangs me
            on the head.

А ты,
                белоснежностью крепенькой притягивая,
каждой земинкой на коже дрожа,
как мраморный гриб,
                            взошедший на ягеле,
прыгнула в руки сама,
                        без ножа.
И, волосы высвободив как по амнистии,
да так, что они завалили лицо,
резинку от них
                        с двумя аметистинками
надела на палец мне,
                        будто кольцо.
А он так болит от кольца обручального,
которое выбросил я над Курой,
со всею отчаянностью обреченного
все кольца считать лишь обманной игрой.
А на Командорах такие ночки,
что можно провалиться в мокреть
                                и взреветь,
цепляясь за склизкие бархатные кочки,
словно за груди тундровых ведьм.
А на Командорах
                такая морось,
что колья для сетей
                        принимаешь за людей…
За что же цепляться?
                        За чужую молодость?
Чужая молодость
                не станет твоей.

But you,
          alluring in your sturdy snowwhiteness,
every birthmark on your body trembling,
like a marble mushroom
                              growing in reindeer moss,
leaped into my arms yourself,
                              without a knife.
And, you freed your hair as if in amnesty,
so that it fell over your face,
and wrapped the rubber band
                              with two amethysts
like a ring
          around my finger.
And it aches so much from the wedding ring
I threw away over the Kura
with the desperation of the doomed,
seeing all rings as a deceptive game.
And on the Komandors
                              there are such nights
that you could sink into a bog,
                              and howl,
clutching at slippery, velvety hummocks,
like a tundra witch's teats.
And on the Komandors
                              it drizzles so hard
that you can confuse the stakes of fishing nets
                              for people . . .

Grab on to what?
          Another's youth?
Another's youth will not become
                              your own.

ALASKA *(above):* Willow ptarmigan, Denali National Park.

SIBERIA *(opposite, above):* Puffins, Kamchatka.

ALASKA *(opposite, below):* Horned puffins, Matushka Island, Kenai Fjords National Park.

АЛЯСКА *(наверху):* Белая куропатка, национальный парк Денали.

СИБИРЬ *(справа, сверху):* Тупики, Камчатка.

АЛЯСКА *(справа, внизу):* Рогатые тупики, остров Матушка, национальный парк Кенайских Фиордов.

SIBERIA *(opposite):* Whale cemetery, Chukotka.

ALASKA *(above):* Kachemak Bay, Kenai Mountains, Homer Spit, and town of Homer, Kenai Peninsula.

ALASKA *(right):* Old building, McCarthy, near the Wrangell Mountains.

СИБИРЬ *(слева):* Кладбище китов, Чукотка.

АЛЯСКА *(наверху):* Качемак Бей, Кенайские горы, Хомер Спит и г. Хомер. Кенайский полуостров.

АЛЯСКА *(справа):* Старое здание, МакКарти, неподалеку от гор Рэнгелл.

179

ALASKA *(opposite, above)*: Downtown Unalaska, Aleutian Islands.

SIBERIA *(opposite, below)*: Provideniia, Chukotka.

ALASKA *(above)*: Eskimo village of Anaktuvuk Pass, Brooks Range.

АЛЯСКА *(слева, сверху)*: Центр г. Аналяска, Алеутские острова.

СИБИРЬ *(слева, внизу)*: г. Провидения, Чукотка.

АЛЯСКА *(наверху)*: Эскимосская деревня Анактувук Пэсс, Брукс Рэндж.

182

SIBERIA *(opposite, above, and right):* Faces in hats, Chukotka.

СИБИРЬ *(слева, сверху и справа):* Лица в шапках, Чукотка.

SIBERIA *(opposite):* Faces in hats, Chukotka.

ALASKA *(above):* Abandoned mining town of Kennicott at the edge of Kennicott Glacier, Wrangell–St. Elias National Park.

СИБИРЬ *(слева):* Лица в шапках, Чукотка.

АЛЯСКА *(наверху):* Заброшенный шахтерский город Кенникотт у подножья ледника Кенникотт, горы Рэнглер-Ст., национальный парк Элиас.

SIBERIA *(above):* Self-portrait of the author with Eskimo schoolchildren.

SIBERIA *(left):* Eskimo boys on ferry.

SIBERIA *(opposite):* Eskimo poetess Zoya Nenlyumkina in front of a billboard that reads: "Provideniia Port, Gateway to the Arctic."

SIBERIA *(following pages):* Sunlight and snow off the Chukotka coast, Bering Strait.

СИБИРЬ *(наверху):* Авто-портрет Евтушенко с эски-мосскими школьниками.

СИБИРЬ *(слева):* Эскимос-ские мальчики на пароме.

СИБИРЬ *(справа):* Эскимос-ская поэтесса Зоя Ненлюм-кина перед доской с надпи-сью «Порт Провидения, Во-рота в Арктику».

СИБИРЬ *(следующие страни-цы):* Солнце и снег, за Чу-котским побережьем, Берин-гов пролив.

SIBERIA *(above):* Old Eskimo woman, Chukotka.

ALASKA *(opposite):* Old Eskimo man, Anaktuvuk Pass, Brooks Range.

СИБИРЬ *(наверху):* Старая эскимоска, Чукотка.

АЛЯСКА *(справа):* Эскимосский старик, Анактувук Пэсс, Брукс Рэндж.

SIBERIA *(opposite):* Eskimo child, Chukotka.

SIBERIA *(above):* Old Sireniki Eskimo, Chukotka.

СИБИРЬ *(слева):* Эскимосские дети, Чукотка.

СИБИРЬ *(наверху):* Старый эскимос из деревни Сиреники, Чукотка.

SIBERIA *(opposite, above):* Eighty-year-old Eskimo men, Chukotka.

SIBERIA *(opposite, below):* Splitting kindling, Chukchi village, Chukotka.

ALASKA *(above):* River guide, Kobuk River, Kobuk Valley National Park.

СИБИРЬ *(слева, сверху):* 80-летние эскимосы, Чукотка.

СИБИРЬ *(слева, внизу):* Щепки, деревня Чукчи, Чукотка.

АЛЯСКА *(наверху):* Экскурсовод по реке, река Кобук, национальный парк Кобук Вэлли.

SIBERIA *(left):* Singer, part of amateur chorale group in Irkutsk.

SIBERIA *(below):* Siberian musicians play for Alaska Performing Artists for Peace tour, in Irkutsk.

СИБИРЬ *(слева):* Певица самодеятельного хора в Иркутске.

СИБИРЬ *(внизу):* Сибирские музыканты выступают перед аляскинскими артистами из делегации «Артисты за мир», г. Иркутск.

SIBERIA *(above):* Alaskan Eskimos Theresa John and Chuna McIntyre, in native costumes as part of the Alaska Performing Artists for Peace tour, draw stares from cosmopolitan residents of Novosibirsk.

SIBERIA *(following pages):* Eskimo performers Chuna McIntyre and John Pingayak, part of Alaska Performing Artists for Peace troupe, in Khabarovsk.

СИБИРЬ *(наверху):* Эскимосов из Аляски Терезу Джон и Чуну МакИнтайер в национальных костюмах и группу аляскинских артистов из делегации «Артисты за мир» рассматривают жители незнакомого им города Новосибирска.

СИБИРЬ *(следующие страницы):* Эскимосские артисты Чуна МакИнтайер и Джон Пингаяк из аляскинской делегации «Артисты за мир», в Хабаровске.

ALASKA *(left):* The photographer prepares for scuba diving in the 38° waters of Kachemak Bay.

ALASKA *(below):* Octopus in tide pool, China Poot Bay, Kachemak Bay, Kenai Peninsula.

АЛЯСКА *(слева):* Бойд Нортон готовится к подводному плаванию в 38-градусной воде, Качемак Бей.

АЛЯСКА *(внизу):* Осьминог в бассейне, Чайна Пут Бей, Качемак Бей, Кенайский полуостров.

SIBERIA *(above)*: Eskimo grandmother.

ALASKA *(following pages)*: Steller's sea lions, Kenai Fjords National Park.

СИБИРЬ *(наверху)*: Эскимосская бабушка.

АЛЯСКА *(следующие страницы)*: Сивучи, национальный парк Кенайских Фиордов.

206

SIBERIA *(opposite, above):* Walrus rookery, Chukotka.

SIBERIA *(opposite, below):* Seal, Komandor Islands.

ALASKA *(above):* Steller's sea lions, Kenai Fjords National Park.

ALASKA *(following pages):* Beach on Captain's Bay, Unalaska Island, Aleutian Islands.

СИБИРЬ *(слева, сверху):* Лежбище моржей, Чукотка.

СИБИРЬ *(слева, внизу):* Тюлень, Командорские острова.

АЛЯСКА *(наверху):* Сивучи, национальный парк Кенайских Фиордов.

АЛЯСКА *(следующие страницы):* Пляж, Капитанский залив, остров Аналяска среди Алеутских островов.

SIBERIA *(above):* Early evening lights in the remote town of Provideniia, Chukota.

ALASKA *(opposite):* Marina, harbor of Seward, Kenai Peninsula.

СИБИРЬ *(наверху):* Чукотка, ранние вечерние огни в отдаленном г. Провидения.

АЛЯСКА *(справа):* Морской причал, гавань Сьюарда, Кенайский полуостров.

ALASKA *(opposite):* Arrigetch Peaks, Gates of the Arctic National Park, Brooks Range.

SIBERIA *(above):* Bering Strait, near the Chukotka coast.

SIBERIA *(following pages):* Ice on the Bering Strait, near the Chukotka coast.

АЛЯСКА *(слева):* Вершины Арригечских гор, Ворота национального Арктического парка, горный массив Брукс Рэндж.

СИБИРЬ *(наверху):* Побережье Чукотки, Берингов пролив.

СИБИРЬ *(следующие страницы):* Глыбы льда у побережья Чукотки, Берингов пролив.

Бухта Провиденья

На шкуре россомахи
                не выступает иней,
и шьют из этой шкуры
                подгузнички чукчат.
Любви нет первобытней,
                нет нежности звериней,
чем там, где даже шкуры
                от холода рычат.
У здешней разведенки,
                налившись болью, зреют
тоскуя под кухлянкой
                два желтые плода.
А люди здесь не злеют.
                От холода теплеют.
Во льдах никак не выжить
                всем тем, кто со льда.
Я в Бухте Провиденья
                живу, как привиденье
забытого поэта
                того,
                        с материка.
В чужих глазах счастливчик,
                как снег, попавший в лифчик,
я счастлив лишь, наверно,
                но не наверняка.
Подобная наверность —
                судьбы моей неверность.
Со мною — ненадежно.
                Со мной — плохие сны.
Я вроде разведенки,
                в лед вмерзшей плоскодонки,
и об меня скулежно
                боками трутся псы.
В даль внюхиваясь чутче
                любого в тундре чукчи,
привстал скулящий соболь
                на позвонке кита,
и жалуется вроде,
                что здесь, на кожзаводе,
уж если снимут шкуру,
                то выделка не та.

Provideniia Bay

Hoarfrost doesn't form
                    on a wolverine's fur,
and they use the fur to make
                        diapers for Chukchi babies.
There is no love more primitive,
                        no tenderness more animal,
than here, where even furs
                roar with the cold.
The local divorcée's breasts swell,
                    painfully,
lonely beneath her deerskin shirt,
                    like yellow fruit.
But people here do not get mean.
                      The cold makes them warmer.
People made of ice will never
                    survive in these icy shores.
I live in Provideniia Bay
                like the ghost
of a forgotten poet,
              the one
                from the mainland.
Lucky in other people's eyes,
                  like snow fallen into a bra,
I am actually only probably happy,
                    but not for sure.
That is the certainty
              of my uncertain fate.
I'm not dependable.
              I cause bad dreams.
I'm like the divorcée,
              like a kayak frozen in the ice,
and dogs rub up against me
                as they whimper.
Sniffing into the distance better
                  than any Chukchi in the tundra,
a sable stands upright on
              a whale vertebra,
and seems to be complaining
                that here at the tannery
if they skin you,
           the finish won't be as good.

SIBERIA *(above):* Unnamed
mountains on the Chukotka
coast.

СИБИРЬ *(наверху):* Безымянные горы на Чукотском по-
бережьи.